うえにん地蔵《じぞう》

享保《きょうほう》の飢饉《ききん》と子どもたち

おぎのいずみ

●版画　田中つゆ子

石風社

うえにん地蔵＊もくじ

美紀《みき》、十二歳《さい》のゆううつ

「へーい、叔母《おば》さんと派手《はで》に立ちまわりやっちゃったんだって」

大きな声と共にドアをあけて入ってきたのは、東京の大学に行ってるはずの従兄《いとこ》の圭一《けいいち》だ。

夏休み以来だ。

あたしはベッドに腹《はら》ばいになって本を読んでいた。

「もう、なによ、いきなり現れて」

あたしはあわてて向きなおり、口をパホパホさせた。

「ノックするのがエチケットでしょ。これでもレディーのへやなんですからね」

圭一《けいいち》をにらんだ。

「すげー、まるで山猫《やまねこ》の目だな」

と、いいながら圭一はにやにやしている。

「いつ、東京から帰ってたのよー」

あたしは、あくまでつっけんどんにいった。

「きのうだよ。さっそく美紀《みき》の顔を拝《おが》みにやってきたっていうのに、えらく、つめてぇんだな」

「へへっ」

口元がゆるみそうになるのをあわてて引きしめる。

「叔母《おば》さん、嘆《なげ》いてたぞ。最近《さいきん》の美紀はすぐにつっかかってくるって。このまえもピアノひかないっていいだしたんだってな」

「ふん、ママのまわしもの」

あたしは本に視線《しせん》をもどした。


圭一《けいいち》の父はあたしのママのおにいさんだ。

福岡の街《まち》は、博多湾《はかたわん》に沿《そ》って弓《ゆみ》なりにのびている。あたしんちのマンションは西区のはずれで、圭一の家は東区のはずれ。それなのに、中学の時から、ときどき、二時間以上もかけて自転車をキーコキーコこいでやって来てたのは、どうもママの手料理《てりょうり》がお目当《めあ》てだったらしい。

「少女美紀、十二歳《さい》、反抗期《はんこうき》ってとこか。その目つき、かなり重症《じゅうしょう》だな」

圭一は勝手《かって》にベッドに腰《こし》かける。

「なに読んでんだ」

圭一はあたしの本を取りあげた。

「ふーん、『青いケシの秘密《ひみつ》』。

気をつけろよ。こんなくらーいとこで読んでたら、また物語の世界にとりつかれるぞ。圭《けい》にいさん助けてーっていっても知らんからな」

「そんなこと、いいませんよーだ」

「ほらほら、そのカーテンのかげに、ケシの花の妖精《ようせい》が……」

「えっ」

いっしゅん、本気にしてしまった。

「もう、圭一のバカー」

「へへ、相変《あいか》わらずだな」

圭一はさっとカーテンをあけた。白い光がはねながらさしこんできた。

「ほい、海がまっさおだ、見ろよ、ユリカモメがいっぱいいるぞ」

明るい声がへやの中にひびきわたった。

「さっ、でかけるぞ。せっかくの日曜日にくすぶってることないだろう」

「どこに」

「つぎのシナリオのために、帰ってきたんだ。ちょい、つきあえよ。美紀のインスピレーションにはいつもお世話になってるからな」

「マジで？　やっぱり、あたしがいないとだめなんだ」

中学の時からシナリオ・ライターをめざしている圭一《けいいち》は、今年、東京の大学に行ってしまった。圭一との距離《きょり》が開いたみたいであたしは、ちょっぴりさびしい思いをしていた。

「叔母《おば》さん、はりきって、弁当《べんとう》作ってくれてたからな。たのしみだ」

「なーんだ、ママには予約済《よやくず》みだってこと。ふたりとも、あたしには、なんにもいってくれないんだ」

「いいじゃん、いいじゃん、どうせさそってくれるボーイフレンドもいねえんだろ」

圭一は、あたしの痛《いた》いところをついてくる。同じマンションのマサルは、少年野球の練習試合だ。こんなことなら、応援《おうえん》に行けばよかった。あーあ、最近《さいきん》、することがちぐはぐで、ちっともかみあわない。少女美紀《みき》、十二歳《さい》のゆううつだ。

あたしはしぶしぶ起きあがった。

「よしよし、その気になったか。じゃあ、向こうで待ってるからな」

圭一は長い足ですたすたとへやを出ていった。

あたしがジーパンにはきかえてリビングに行くと、圭一とママはわらい声をたてていた。

「そうだ、叔母《おば》さん、自転車の空気入れありますか」

「待ってね、東の果《は》てから、来るんだもの。空気抜《ぬ》けちゃったんでしょ」

ママはおおげさな言い方をして、いそいそと空気入れを手にドアをバタンとさせて出ていった。

「あー、ぼくがやりますよ。ほんとに、叔母《おば》さんは世話ずきなんですね」

弁当の入った紙バッグをさげて、圭一があわてて後をおった。

「世話のやきすぎなの、もう」

あたしは、さいごにドアの外へ出ると、手すりからからだをのりだして、圭一のうしろ姿《すがた》になった。

圭一が階段《かいだん》の途中《とちゅう》で足を止めてふり向いた。顔がにたっとわらっている。あたしは思いっきりアカンベエのお返しをした。

あーあ、複雑《ふくざつ》なきもち。圭一といっしょなのはうれしいんだけど……。

ママはマンションの入口でほっぺを赤くさせて、空気入れのポンプをおしていた。

圭一は礼をいいながら、自転車にまたがった。

「それじゃあ、美紀をちょいとかりまーす」

「いってらっしゃーい。気をつけてね」

ママは手をふった。あたしは圭一にもママにもだんまりを決めこんだ。

日ざしがまぶしかった。

「おい、いつまですねてんだよ」

「いいですよ。圭《けい》にいさんだって、あたしのこと、子ども扱《あつか》いしてんでしょ」

あたしはさっさと自転車をこぐ。

「そんなに早く大人《おとな》になることないさ。ほらほらもっとゆっくりこいで、あとで息切れするぞ」

そうだ、どこに行くのかもきいていなかった。まだまだ先は長いのかもしれない。あたしは速度《そくど》をゆるめた。

モズがキキキーッと鳴いた。

「うちの美紀《みき》さんは、ごきげんななめ。キーキキキ、キーキキキー」

圭一《けいいち》はうら声を出して、モズの鳴きまねをした。

「なによ、それって、へんなの」

と、いいながら、あたしの顔はとうとうゆるんでしまった。

「わーい、ヘリコプターだ。圭にいさん、追いかけよう」

「空ばっかり見てると、溝《みぞ》に落ちるぞ」

「へへ、だいじょうぶ。自転車運転歴《れき》七年」

「やっと、美紀らしくなったな。ふくれっつらしてるより、ずっと魅力的《みりょくてき》だよ」

「やだ、圭にいさんったら」

あたしは顔があつくなった。ヘリコプターは、しばらく頭の上をまわっていたが、どこかへ行った。

「来るたびに、この辺の田んぼ、つぶれていくみたいだなー。草ぼうぼうじゃないか。前は稲《いね》の切り株《かぶ》があって、ワラが積んであったよな」

「ここ、全部、お家建《た》つんだって」

「ほんとか」

「区画《くかく》整理とか、ママとマサルのおばちゃんが話してた」

「そうやって、日本はどんどん農地《のうち》つぶしていくんだよな。いいのかな、それで」

圭一は首をひねると、今度はきゅうに無口になってもくもくと自転車を走らせた。

あたしがなにかいっても、「ああ」とか「うん」とか生返事《なまへんじ》ばかり。こんなときって、きっと頭の中はシナリオの構想《こうそう》練《ね》ってるんだ。

「ねえ、いったい、どこまで行くの」

あたしは少しつかれてきた。それに、朝からなんにも食べてない。ママに対するハンガー・ストライキってやつ。

「あの山のてっぺん」

圭一《けいいち》は赤や黄色に色づいた山を指さした。

「えーっ、あんなとこまで」

「うそうそ、だけど、山には向かって行くことになるかな。これから、少し上り坂だ」

あたしは圭一の後《あと》を追ってよいしょ、よいしょとペダルをふんだ。

「さっ、ついたぞ」

圭一は上《かみ》ノ原《はる》公園とかかれたところで自転車を止めた。

「ほら、もうひとふんばり。美紀《みき》さん、ファイト」

あたしは、汗《あせ》だくだくだ。

「だから、最初から飛ばすなっていったろ」

「こんな坂のぼるってきいてないもの」

「まあ、予定通りかな。ちょうど三十分かかったよ」

圭一は、あたしの目のまえに時計をふりかざした。

「ほら、グッドタイミング、昼飯《ひるめし》の時間だよ。腹《はら》へったなー」

圭一は公園のすみっこに自転車を置いた。

「そのまえに、ちょいと、見たいものがあるんだよな」

圭一は公園につづく草むらの中にずんずん入っていった。

「おー、これ、これ」

そこには、六、七十センチくらいの小さなお地蔵《じぞう》さまが、六つ、仲良く並んで立っておられた。圭一《けいいち》は、近づいて、そのお地蔵《じぞう》さまたちを食い入るように見つめた。目も鼻も口も耳も、ふるぼけていて、ほとんど形がわからない。

「なーに、これ?」

圭一はしばらく、こたえなかった。圭一のほおがひくひくと動いていた。ようやく、あたしのほうをふり返った。

「悲しいような、それでいて、ほんのりとやさしい顔だよな」

「ふーん、圭《けい》にいさんのシナリオって、お地蔵《じぞう》さんの話なの」

「そう」

圭一は、ママがわたした紙バッグをのぞいた。

「さすが、叔母《おば》さん。敷物《しきもの》から、お茶、弁当《べんとう》。これは、ミカン。おっ、手作りのプリンまで入ってるぞ。小学校の運動会の時みたいだよ」

圭一は敷物《しきもの》をひろげた。

「さあ、すわんなよ。今度の構想《こうそう》きかせてやっからな」

「うん」

「なんだ、まだ、ふくれっつらしてんのか」

「だって、ママの用意したものでしょ。これ、全部」

圭一は、弁当《べんとう》の包みを開いた。

「すげぇ、でっかいおにぎりだ。これこれ、叔母《おば》さんの卵焼き。ネギとパセリがきざんであってよ、少ししょうゆ色にこげめがついて、昔っから、あこがれなんだよ。オレんちの親、共働《ともばたら》きだろ。自分らのことでせいいっぱいなんだな」

「いいじゃない、圭にいさんのママ、インテリアデザイナーなんて、すごくかっこいい。いかにも自立してるって感じだもん。だれかさんみたいに、子どもにべたべたじゃないしね」

ん？　というような顔で圭一はあたしを見た。

「けっこう、きつい性格《せいかく》してるね。いったい、なんでもめたんだ」

「あたしはね、レモンティーをのみたかったの。それなのに、ママは勝手《かって》に紅茶《こうちゃ》にミルクを入れたのよ」

「なーんだ、それぽっちのことか」

「問題はね、あたしの意見をきかないってことなの。もう、入れたから、仕方《しかた》ないでしょ、美紀はミルクティーがすきだったからって、平気な顔しちゃって」

「うーん、オレ、ちっちゃいときから、なんでも自分でやってたからな。そんなにむつかしく考えたこともなかったよ」

「きょうだけじゃないの。いつだって、そう。一方的な、お、し、つ、け」

あたしは一気《いっき》に訴《うった》えた。

「ピアノだって、勉強だって、ママのいうとおりにしておけばまちがいないのよって顔してんだもん、やりきれないよ」

あたしは口をとがらせた。

「それで、クロワッサンも、ゆで卵も、サラダも、全部、流し台に持っていって捨《す》てたのか」

「やだ、ママにきいて知ってるじゃない。ママが作ったものなんて食べるもんですか」

「このおにぎり、うまいぞ」

圭一《けいいち》はぱくっとかぶりついた。

「このシャケの焼《や》け具合《ぐあい》がなんともいえないんだよな。コンビニのとはおおちがいだ」

おいしそう。あたしのおなかが、ぐうとなった。朝から食べてないんだもの。

圭一はそんなあたしをじろりと見た。

「やせ我慢《がまん》か」

圭一は手についたごはん粒《つぶ》を一つ一つ、口に運んだ。

「このお地蔵《じぞう》さんたち、なんていわれてるか、美紀《みき》は知らないだろ」

「お地蔵《じぞう》さんにも呼び名あるの」

圭一は静《しず》かに首をたてにふった。

「飢人地蔵《うえにんじぞう》」

「うえにんじぞう？」

「江戸《えど》時代のことだ。徳川吉宗《とくがわよしむね》の時の享保《きょうほう》の飢饉《ききん》はひどいものでね、くる日も、くる日も、雨がふって、作物《さくもつ》は育たなかった」

めずらしく、圭一の声はくもっている。

なぜか、ぞくぞくっとした。

「やだー、そのいい方、くらすぎる」

あたしは、はぐらかすようにいった。

「腹《はら》へったー、腹《はら》へったー。子どもたちはいつも、腹をすかせていたんだよ」

圭一は、もう一つおにぎりを手にした。つられてあたしも手にとった。のりをくるりと巻《ま》きつける。

かぷっと、口に入れようとした、そのとき、あたしは見た。お地蔵《じぞう》さんたちから、いくつもの手が、後《あと》から後《あと》からのびてくるのを……。そして、つぶやく声。

「腹へったー、腹へったー、腹へったー」

最初は、圭一《けいいち》がぶつぶついってるのかと思ってた。

「圭にいさん、圭にいさん」

あたしは圭一の方を向いた。いない。横にすわっているはずの圭一がいない。

ここはどこ？

のっぱらに
大きなマツの木が
一本たっていた
そのまえに
女の子がひとり
たおれてた
とうちゃん　さがしに
やってきて
おなかすかせて
たおれてた

あーかいべべが
見えてたけれど
ペンペン草に
おおわれて
女の子のすがたは
いつか
消えていた
クアーッ、クアーッ

お地蔵《じぞう》さんの姿《すがた》がぼやけていって、あたしは、大きなマツの木のまえで、赤い着物《きもの》をきた女の子と向かいあって立っていた。着物から、出ている手も足も、ひどく細かった。女の子は弱よわしい声でいった。

「きょう、食べ物を捨《す》てたとは、あんたなんやね。もったいなかー」

いまにも、泣《な》きだしそうな顔だった。

あたしは、ぽかーんとした。

「うちの名前は、ミツ。今からあんたがミツになるとよ」

それだけいうと、女の子はたよりなく、ゆらゆらゆれて、影《かげ》のように地面によこたわった。

「ちょっとちょっと、どうしたの」

あたしはあわててかけよった。

そのとき、野原のあちこちでバサバサっと羽音《はおと》がした。十羽、二十羽、三十羽、百羽以上いたかもしれない。うずくまっていたカラスたちがいっせいに飛び立っていく。

あの子は
ペンペン草に　おおわれた
クアーッ、クアーッ
あの子はいない
もう　いない
クアーッ、クアーッ

口ぐちにさけびながら、カラスたちは、黒い点々になって青い空の向こうへ飛んでいった。

はっとして、あたしは足元へ目をやった。あたり一面、草ぼうぼうで、女の子の姿《すがた》はどこにもなかった。

そして、圭一《けいいち》はいったいどこへ行ったのだろう。きゅうに心細くなった。

「圭《けい》にいさーん」

あたしは、大声で圭一を呼んだ。

「おーい」

野原のはずれから声がした。なんだ、あんなとこにいたんだ。

「そこに、だれか、おるとかー」

それは圭一じゃなかった。こちらへもうれつないきおいで走ってくる二人の男の子。

さっきの女の子も、この子たちのかっこうも、なんかおかしい。

まるで、テレビの時代劇《げき》みたい。ひざまでしかない着物をきて、腰《こし》のところをなわでむすんでいる。その上、はだし。ばらんばらんの髪《かみ》が右に左にゆれている。

「ミツー、やっぱり、ミツがおったぞ、久四郎《きゅうしろう》」

背の高い、中学生くらいの男の子がこおどりしながらかけつけた。

「さがしたとばーい」

ハアハアいいながら、肩《かた》で息をついている。

「待ってー、作太《さくた》しゃーん」

すぐに、久四郎と呼ばれたまるっこい顔の男の子も、ころがるようにかけつけてきた。

「ほんなこと、ミッちゃんじゃ。ミッちゃん、ミッちゃん」

久四郎《きゅうしろう》はまるっこい顔をくずしておいおい泣《な》き出した。

「作太《さくた》しゃんが、ここのマツの木のとこに、ミッちゃんがおるような気がするっていうたとき、信じられんやったばってん、ついて来てよかったばい」

「オレは、きょうは、ぜったいミツが見つかるって思うとった。朝からそげな声が胸《むね》ん中からきこえてきた」

作太《さくた》はうれしそうに自分の胸《むね》をたたいた。

「あ、あのー」

あたしは、おずおずと二人に声をかけた。のどのおくがみょうにからまって、自分の声じゃないみたいだ。

「なんか、人ちがいだと思いますけど」

作太はにこにこしながら顔を近づけてきた。

「ミツ、どげんしたとね。にいちゃんを忘《わす》れるはずがなかろう」

えっ、えっ？　いきなり、にいちゃんだなんて……。

久四郎《きゅうしろう》が泣くのをやめて、あたしに歩み寄る。

「ミッちゃん、オレのことは？」

あたしはあわてて首をふる。久四郎はじろじろとあたしを見た。

「おかしかー。ほんなことに作太しゃんのことも、オレのこともわからんみたいじゃ」

「そげんことはなか。ちょっとぼけーっとしとうだけたい。なあ、ミツ。さあ、帰ろう」

作太はあたしのうでをつかんだ。

「いたっ」

あたしのからだの中を、ぴりぴりっと電流が走った。

「ちがうわ、あたしは、ミツじゃない」

あたしはたった今のことを思い出した。

「ミツさんなら、さっき、そこに」と、いいかけて、はっとなった。

あんたがミツになるとよ、あの子はいった。

あたしったら、いつのまにか、あの子のようにみじかくすりきれた赤い着物をきて立っている。

たしか、あたしは白いセーターにオーバーオールのジーパン、赤いスニーカーをはいて、圭一《けいいち》と出かけたのに。

へん、なんかへんだわ。あの子は、あたしに、まほうをかけたのだ。

逃《に》げなくちゃ！

たいへんなことになる！

あたしは、つかまれたうでをふりほどこうと、ひっしになってもがいた。

作太はがっしりと、あたしをつかまえている。

「はなしてー」

「ミツ」

作太は、あたしの目をのぞきこむ。

「ミツじゃないってば！」

「ばあちゃんも待っとう、はよ、帰ろう」

「へんなこといわないで。あたしは美紀《みき》、坂口美紀。ばあちゃんなんて、知らないよー」

あたしはかなきり声をあげた。

「やっぱあ、おかしか。ミッちゃんに似とうばってん、ミッちゃんじゃなかごたあ。このマツの木はてんぐさんのマツいうて、だーれも近づかん。もしかして、てんぐさんが化《ば》けとうっちゃなかろうか」

まるっこい顔の久四郎《きゅうしろう》はきみわるそうに、マツの木を見あげた。

「なんばいうとか、ミツはなあ、二十日間も迷子《まいご》になっとったんやけん、ただ、おびえとうだけたい。ミツのことをてんぐさんなんていうたら、オレは死ぬまでおまえと口きかんぞ」

作太《さくた》が、細い肩をいからせて久四郎をにらみつけた。あさぐろく日焼《ひや》けして、ほっそりした顔だち。きりりとした目だ。

「そ、そんなー」

久四郎はぐずんと鼻を鳴らした。

「この子は、ミツたい。わかったな。村へ連《つ》れて帰るばい」

作太は、きっぱりといった。

久四郎の目がさんかくになって、宙《ちゅう》で止まった。

「よーし、作太しゃんがそういうなら、この子はミッちゃんたい」

久四郎はぽーんとさかだちをした。手を地面につけて、とっとっと歩いた。

「さかさまから見ても、ミッちゃんはミッちゃんたーい、へーい、へい。これでよか」

久四郎はくるりとおきなおると、作太のように肩をいからせた。

「オレは作太しゃんのいうことなら、なんだって信じるけん」

「うん」

作太はぎゅっとあごを引いた。

「さあ、帰ろう」

「かーえろ、かえろう、ミッちゃん」

久四郎は歌うようにいった。

「ちょっ、ちょっと、勝手《かって》にミツにしないでよ」

二人は、あたしをはさむようにして前うしろに立った。

「圭《けい》にいさーん、たすけてー」

あたしがさけぶのをさえぎるように、作太がいった。

「ミツはつかれとうごたあ、おぶってやろう」

「それがよか」と、久四郎《きゅうしろう》がいう。

「いやよ、いや」

だけど、久四郎はむりやり、あたしを作太《さくた》の背《せ》なかにのせた。

ぴゅーっ、作太が走りだす。久四郎がついてくる。

「もうー、これは、ゆうかいじゃない。おろしてよー、バカー」

あたしは足をばたばたさせた。


これが、あたしが作太の妹、ミツとしてすごすはじまりだった。

夕日が赤く赤く燃《も》えていた。

すっぽりと背がかくれるほどのササやぶの道に入りこむ。耳元で、風がシュルシュルとさわぎたてる。上ったり下ったり。

あたしはしっかりと目を見開いていた。あとで、どこへ連《つ》れていかれたかたずねられたとき、ちゃんとこたえなくちゃいけない。だけど、なにも見えない。ササばかりだ。

「もうすぐたい」

と、作太がほっとした声をあげた。

作太は大きく息をはずませている。あたしは、作太の背なかから乱暴《らんぼう》に飛びおりた。その拍《ひょう》子《し》に、がーんと、ひざこぞうを打った。

「だいじょうぶか」

あたしは作太の手をふり払《はら》った。

「なによ、こんなとこに連《つ》れてきて」

あたしはぎゅっと作太たちをにらんで立ちあがった。

目のまえは、ひろびろとした田んぼ。その向こうに、ワラぶきの家がぽつぽつ、たっている。どの家の屋根からも、細いけむりがたちのぼっていた。作太と久四郎は両がわからあたしの手をとり、とんとん、木の橋をわたった。それから小川にそって左へ百メートルほど歩いて、小さなワラぶきの家のまえでようやく足を止めた。

「ばあちゃーん、ミツがおったばーい」

作太が大声でさけぶ。

くずれ落ちそうな家の中から、うすよごれた着物をきた、腰《こし》のまがった小さなばあちゃんが、ころがるように飛びだしてきた。あたしよりも背《せ》が低《ひく》いみたいだ。

「おーおー」

と、さけびながら、いきなりあたしにだきついた。

ばあちゃんのほおが、あたしのほっぺたにくっつく。ばあちゃんのなみだもいっしょに、ぐしゅんとくっついて、あたしは思わず顔をそむけた。

「無事《ぶじ》でよかったばい」

ばあちゃんは、きつくきつくだきしめたあと、ようやくあたしをはなした。

「よう、もどってきた。ほんなこと、どこ行っとったとね」

ばあちゃんは、灰色《はい》の髪《かみ》をふりみだし、歯のない口を大きくあけた。その姿《すがた》、妖怪《ようかい》みたい。

ぞーっとして、声にならない音があたしの口からもれた。

「ミツは村はずれののっぱらにつったっとった。あの大きなマツの木のまんまえに」

作太《さくた》が、かわりにこたえてくれた。

ばあちゃんの顔色がさっとかわった。

「ひとりでね」

「うん、いままで、どうしよったんやろ」

「話はあとあと」

ばあちゃんは、あわてて作太のことばをさえぎった。

「ミツもくたびれとうやろ、はよう、中へはいれ」

じーっとあたしたちを見つめていた久四郎《きゅうしろう》の顔がほわーんとゆるんでいった。

「よかったな、作太しゃん、ばあちゃんがミッちゃんだっていうんなら、へへーい、へいだ。

オレは作太しゃんの味方《みかた》じゃけん」

「うん、きょうはありがとう、久四郎」

久四郎は、まるっこい顔でにっとわらうと、ぴょんぴょんはねながら、となりのうちへかけていった。

うすあかりの空に、半分の月が白くすきとおっている。

ばあちゃんはなみだで赤くなった目をこすった。

「きょうこそは、もどってくるような気がして、あったかいかゆを作っとったばい」

ばあちゃんは骨《ほね》ばったごつごつした手で、あたしの手をつかんだ。

家の中は、うすぐらーい。板の間《ま》のへやにいろりがあって、とろとろと燃《も》える火におなべがかけてある。

きみわるかったが、ばあちゃんに引きずられるように、あがりこんだ。かべも天井《てんじょう》も黒ずんでいて、あちこちに、クモの巣《す》がたらーんとぶらさがっている。そのクモが三匹《びき》、あたしの方に足をのばしている。すぐにでも巨大《きょだい》な毒《どく》グモに変身《へんしん》しそうで、あたしは目をそらし、からだをかたくした。

おなかはぺこぺこだ。ばあちゃんがおなべのふたをあけると、ふわっと湯気《ゆげ》があがりおかゆのおいしそうなにおいがただよった。ばあちゃんはゆっくりとおなべの中を木のお玉でかきまわし、おわんについでくれた。

「さあ、食べんしゃい」

あたしはうなずくと、かゆを、ふうふうしながら口にいれた。朝からなんにも食べてないんだ。

じわっと、あたたかさがからだの中にひろがっていく。つづけて二はい食べた。

「おいしかね？」

ばあちゃんが目をほそめてあたしを見た。ほそめた顔は、作太《さくた》によく似《に》ていた。

でも、あたしは、このとき、ママのことを思いだしていた。


「きょうの夕飯《ゆうはん》は、ビーフシチューね」

ママはあたしのきげんをとるように、そういってすみれ色のエプロンをひらひらさせ、手をふった。

あたしは、ひとことも、口をきかない。自転車にまたがると、ぷりっとしてママに背なかを向けた。

かわりに圭一《けいいち》がいった。

「叔母《おば》さん、ぼくの分もあるんでしょ」

「もちろんよ。たっぷり作っとくわ」

ママは、はずんだ声でこたえた。

最近《さいきん》のあたし、ママにつっかかっていきたくなる。ママからはなれてみたい。いらいらしながら、あたしはマンションの自分のへやに籠城《ろうじょう》していたんだ。こんなことになるなんて思いもしなかった。

まっ白いカバーのかかったテーブル。明るいあかりの下で、ママや圭一と食べるはずだったビーフシチュー。


こんなに暗くなって、ママ、ママはどんな顔してあたしを待ってるのかしら。胸《むね》が苦《くる》しくなった。

帰ろう。なんであたしが、こんなおばけやしきみたいなとこにいなくちゃいけないの。

あたしが立ちあがろうとしたとき、作太《さくた》が両手いっぱいに枯《か》れ枝《えだ》をかかえてきた。

「夜はひえるけん、ミツ、よーくあったまんしゃい」

作太は枯《か》れ枝《えだ》をいろりにくべると、消えかかった火を、竹のつつでフーフーおこした。

パチパチッ、いきおいよく火の粉《こ》がはじけ、まわりが、すこし明るくなった。

「ほれ、作太、おまえも食べろ。あったかく煮《に》えとう。毎日仏壇《ぶつだん》へミツの無事《ぶじ》ば願《ねが》いよってよかったばい」

ばあちゃんはもういちどおなべの中をかきまわした。

「うっ、よかにおい。米だけのかゆなんて、いつ食ったかな」

作太《さくた》はふんふん、においをかいで、ほわっとした顔で目をつむった。

「ふっふっ」

ばあちゃんが口をすぼめてわらうと、顔中しわだらけになった。やさしそうな顔つきになった。あたしはすこしほっとした。

「あー、うまかー、たまらんばい」

たったおわんいっぱいのおかゆを、だいじそうに、少しずつ口に運ぶ作太に、あたしはおどろいていた。

ばあちゃんが、

「ミツ、もっと食べろ、おかわりは?」

と、手をだしたとき、あたしはおわんをさしだした。作太がとがめるような目であたしを見た。

「ミツ、ばあちゃんの分がのうなる」

「よかよか、ばあちゃんは腹《はら》はへっとらん。ミツが食べりゃあよか」

おなべの底《そこ》をかするようにして、ばあちゃんはついでくれた。

これだけが、きょうの夕飯《ゆうはん》？　マジで？

あたしは少し落ちつくと、きょろきょろとあたりを見まわした。ほんとになにもなかった。

こんなことなら、あのお弁当《べんとう》のエビフライ持ってくるんだった。デザートのオレンジも。

食べおわると、なにをしていいか、とほうにくれた。

「じゃあ、もうねるか」

ばあちゃんの言葉に、あたしは飛《と》びつくようにうなずいた。

「ぐっすりねりゃあ、つかれもとれる」

ばあちゃんは、あたしをおくの暗いへやに連《つ》れていってくれた。すこし目がなれてくると、そこは、板の上にゴザが敷《し》いてあるだけで、すみのほうに小さな仏壇《ぶつだん》があった。

ばあちゃんはうすっぺらなふとんをひろげてくれた。

ごつごつしていて、とてもねむれそうにもない。頭の中をあたしのふわふわベッドがよこぎった。ベッドのなかの、ぬいぐるみのうさっぺ。

あたしのおやすみのキスを待ってるだろうな。あたしね、なんだかわからないけど、ミツっていう子にされてしまってるの。でも心配しないで、あしたはきっと、帰るからね。朝になれば、帰り道もわかるにちがいないわ。

あたし、ママのそばをはなれてみたかったの。一晩《ひとばん》ぐらいちょうどよかったのよ。

気もちがつっぱってたのも、そこまでだ。ふとんの中にちぢこまっていると、とつぜん、なみだがどっとあふれた。頭まですっぽりとふとんをかぶり、あたしは声をおさえて泣《な》いた。泣きながらねむっていた。

「美紀《みき》ちゃん、美紀ちゃん、どこにいるの。もどってらっしゃい、ママのところへ」

ママだ。ママがあたしをさがしてる。

ママ、ママー。

「かわいそうに、うめき声ばあげて」

ばあちゃんの声に、目をさました。まっくらやみだ。

「よい子じゃ、よい子」

ばあちゃんがふとんの上から、あたしの胸《むね》をとんとん、やさしくたたく。

「ばあちゃん、ばあちゃん」

おしころしたような作太《さくた》の声。

「どうしたとね」

もぞもぞと動く気配《けはい》がして、ばあちゃんが作太のほうを向いたようだ。

「ミツなー、やっぱあ、おかしか。まえとちがう」

「なあ作太、ミツがゆくえがわからんようになって、村の人たちはミツはもう、生きちゃおるまいっていいよった」

あたしは息をひそめて、ふたりの話にきき耳をたてた。

「それが、ひょっこりもどってきたとやもん。とにかく、ありがたいことばい」

「うん、オレも、ミツが見つかってうれしかった。ばってん、なんでやろ。さっきだって、ばあちゃんの分のかゆまで食べてしもうた。まえのミツは、そげんことせんかった」

しばらく、しーんとなって、またばあちゃんがぼそぼそと話しはじめた。

「あんなー、ばあちゃんがまだ、五つぐらいのときやった。そのころ、十六になる女の人がやっぱし、ゆくえがわからんようになった。それがとつぜん、一か月ほどしてもどってきた。あの大きなマツの木のまえにぼーっと立っとったげな。おかしかことばっかしいうし、それまでのことはなーも覚《おぼ》えとらん。それで、村の人たちは、てんぐさんにさらわれたとやろうっていいよった」

「そいで、あのマツはてんぐさんのマツっていうんか。はじめはなー、久四郎《きゅうしろう》もミツのことをてんぐが化《ば》けとうっちゃなかろうかっていうた」

「おまえもそげん思うたとね」

「とんでもなか。久四郎に腹《はら》が立ったばい」

「あんなあ、化《ば》けの皮っていうとは、いつか、はがれるもんたい。あんときの女の人もいつ、てんぐさんにもどるとやろうかと、どきどきして見よったばってん、ずーっと、人間やった。まえのことは忘《わす》れてしもうたかもしれんが、とにかくにこにこしてよか人やった。ほれ、ミツもかわいか顔して」

「ミツはもとのミツにもどるやろうか」

「もどってくれるごと、ご先祖《せんぞ》さまに、まいにち、頼《たの》むばい。ただ、ミツのことで村の人たちはかげ口いうやろう。おまえは、ミツのことをよう気をつけてやらにゃ。おまえだけがたよりやけんね」

「うん、わかっとう。それに久四郎《きゅうしろう》も味方《みかた》になってくれるって約束《やくそく》したけん」

「去年、かあちゃんが死んでから、ミツはさびしそうにしとった。とうちゃんがおらんようになってからは、とうちゃんが食べ物を持って帰ってくるとをおなかすかせて、じーっと待っとった」

ばあちゃんの声がなみだ声になった。

「ミツは博多《はかた》の町までとうちゃんをさがしに行こうとしたとやろうか」

「そうやろう、ひとりでさまようちに、まえのことは忘《わす》れてしもうたとかもしれん」

「オレもとうちゃんに会いたか。いつ帰ってくるとやろ。久四郎のとうちゃんと、博多《はかた》へでて、もうずいぶんになるとに」

「そうたいねえ。もう一月《ひとつき》はたっとうやろ」

「山の木をマキにしてかかえていったばってん、かあちゃんが働《はたら》きよった呉服屋《ごふくや》さんは、食べ物にかえてくれたやろうか」

「どげんやろうかね」

ばあちゃんの声はかぼそくなった。それから、大きなため息がひとつきこえた。

それっきり、ふたりの声はとだえ、へやの中はしんしんとしたやみにつつまれた。

あたしは、くらやみにぽっかり目をあけた。なんだか、たいへんなところに来てしまったようだ。こんどは、なかなかねつかれなかった。

作太《さくた》にいさんの笛《ふえ》の音

朝になった。

「ミツ、ミツ、水ばくんできんしゃい」

ばあちゃんにいわれて、あたしはうろうろした。

「こっち、こっち」

作太《さくた》が家のうらへ連《つ》れていってくれる。

「この川の水をこの桶《おけ》にすくうとたい」

作太は水をくみあげた。水はすきとおってきれいだった。

「朝の水くみはミツの仕事たい。雨がふって、水がにごっとうときは佐吉《さきち》のうちの井戸を使わしてもらうったい」

「佐吉さんって？」

「あとで教えちゃあ。そのうち、いろんなことば思い出すようになる。心配せんでもよか」

作太は、にっこりした。

あたしは土間《どま》のすみっこにある、まるい大きな水がめに、なんども桶《おけ》で水を運んだ。

ばあちゃんは水がめの水を使って、食事の用意をする。なにもかもがわからないまま、数日がすぎた。

あたしは、全然《ぜんぜん》、見たこともないところにきている。それに、ばあちゃんか作太がかならずあたしのそばにいて、逃げだすこともできない。

食べものは、お玉にすりきりいっぱいのあわや麦《むぎ》を入れた、ぞうすい。大根《だいこん》やにんじんのはっぱが浮《う》いているだけだ。作太はもんくもいわないで食べている。

「ねえ、なぜ、お米買わないの」

あたしがきいても、ばあちゃんと作太は首をふるだけだ。あたしはだんだん、わかってきた。あたしがいろんな事をたずねてもこまるだけなんだ。

あんまん、食べたいな。マサルといっしょに食べたのは、いつだったかしら。

学習塾《じゅく》の帰りに、同じマンションのマサルとコンビニによって買ったんだ。風が強い日だった。あたしたちは、ふうふうのふうをしながら、あつあつのあんまんを食べた。

マサルは両方のほおいっぱいにほおばって、顔があんまんみたいにふくらんだ。

ああ、早く帰りたい。いまだったら、あんまん十個《こ》でも食べられそう。

そうだ、あたしがここにいることを手紙に書こう。でも、ママはいやだ。圭一《けいいち》に迎《むか》えに来てもらおう。

しかし、紙もえんぴつも、この家にはどこにもなかった。あたしは地面に棒《ぼう》きれで、「圭《けい》にいさんのバカバカ」と、書いた。もとはといえば、圭一があたしを連《つ》れだしたからだ。

「ミツが、字を書きよう。なんて書いたとやろうか」

作太《さくた》がおどろきの声をあげた。

「わからん。ばってん、この村で字を読んだり書いたりする子は、庄屋《しょうや》さんの家の子とあと三、四人しかおらん。こげんことが知れたら、また、村のもんになんかいわれるばい」

ばあちゃんは、浮《う》かない顔をした。

「作太、だれにも言うたらいかんばい」

ばあちゃんは、あたしが書いた字を、そそくさと庭ほうきで消しながら、二度と字を書いちゃいけないと、強くいった。

「どうして？　どうして書いちゃいけないの。なぜ、みんな学校に行かないの」

「よかよか。すぐにミツはもとどおりになる」

ばあちゃんはあたしをくるむように両うでで抱《だ》いた。そのとき、女の子たちの歌声がひびいてきた。

座頭《ざとう》さんえ　座頭さんえ
お茶をいっぱい　のましゃんせ
（まだ、まだ）
まだというなら
おまえのうしろは　だれじゃいな

歌がおわると、

「ヨシちゃん」

「ちがう。ちがう」

と、たがいに、いいあう声。

「くくっくっ」と、たのしそうなわらい声もひびいてくる。

「ミツ、おまえもかたせて（仲間《なかま》に入れて）もらえ。みんなシズちゃんとこの庭であそびよう」

「いやよ、あたし、だれも知らないもの」

「そげんことはなか。みんなとあそびよれば思いだすくさ」

ばあちゃんは、むりにあたしの手を引っぱった。

シズのところは、久四郎《きゅうしろう》のうちをはさんで、もうひとつ向こうの家だった。

大きな柿《かき》の木の下。女の子たちが、まーるく輪《わ》になって手をつないでいる。

「こんだぁ、サトちゃんがオニやけん」

あかちゃんを背《せ》なかにおんぶしたサトが、輪《わ》のまんなかでしゃがみこんだ。

サトは両方の手で顔をかくすと、

「はじめてよかよ」

と、よくとおる声でさけんだ。

座頭《ざとう》さんえ　座頭さんえ
お茶をいっぱい　のましゃんせ

女の子たちは大きな声で歌いながら、サトのまわりをぐるぐるまわりはじめる。

赤い柿《かき》の葉がぱらぱらっ、落ちてくる。晩秋《ばんしゅう》の日ざしが小枝《こえだ》のあいだから、ななめに白くふりそそぐ。

「ミツもかてて（仲間に入れて）やらんね」

ばあちゃんは、あたしを輪《わ》のほうへおしやろうとした。

しゃがんでいたサトが、すっと立ちあがった。

「やーい、やーい、てんぐさんの子がきたばい。てんぐさんといっしょに空飛んでどこ行っとったね」

サトのほおが、少し赤みをおびていた。サトはくちびるをゆがめて、つづけていった。

「てんぐさんはこーわかばい」

「そげんこといいようとは、どこのだれね」

おこったようにいうと、ばあちゃんは、おおまたでサトに近づいていった。

「あたし、てんぐの子でもミツでもないもの。ちゃんと美紀《みき》っていう名前があるもの」

あたしは柿《かき》の木のかげから、大声でさけんだ。

「てんぐさんの子は、おかしか言葉使うんやね、うちたちとちがうばい」

サトは勝ちほこったような声をあげた。

「ずっと前もそげな人がおったげなね。もどってきたときゃあ、ミッちゃんみたいに、へんなことばっかしいいよったげな、ねっ」

サトはまわりの子たちに目くばせした。

「だけん、あの大きなマツの木にゃ近づいちゃいかんって」

「ミツは、ただ、とうちゃんさがしにいって、まよっただけたい。シズちゃん、あんたはミツと仲《なか》よかろうが」

ばあちゃんはあたしをシズの方へおしやった。

「ばってん、うち、きみわるかあ」

シズは、サトのほうをちらちら見ながら、こまったような顔をした。

「うちも、きみわるかあ」

「うちらも、てんぐさんの子にされたらこわかよね」

女の子たちがよりそって、ささやきあった。

ばあちゃんは、うでをぶるぶるふるえさせながら、げんこつをふりあげた。

「そ、そげんこというもんは、このばあちゃんがしょうちせんばい」

「わーい、オニババだーい」

サトがさっと、ばあちゃんのまえをすりぬけた。

「きゃー、逃《に》げろ」

「オニババ、オニババ」

「てんぐの子とオニババがおるばーい」

みんな、口々にはやしたてながら走りだす。シズはちらり、あたしのほうをふりかえったが、すぐに、みんなの後を追っていった。

くちびるをかんで、あたしはみんなのうしろ姿《すがた》を見つめていた。

「ミツ」と、呼ぶばあちゃんの手もふりきった。

「なによ、あんな人たち、あたしには由佳《ゆか》やマサルたちがいるんだから。平気《へいき》、平気」

あたしはバタバタとみんなとは反対方向に走っていった。こんなところ、きらい、だいきらい。この着物だって、ゾーリだって、きらいきらい。ジーパンにスニーカーだと、もっと速く走れるのに……。

なみだがぽろぽろ出てきた。仲良しの由佳《ゆか》や、マサルたちに会いたい。たまらなく会いたかった。

でも、クラスのみんなが、あたしのことを忘《わす》れてたら、どうしよう。あたしは、もうずいぶん学校に行ってない気がする。6年1組の教室にあたしの机《つくえ》はちゃんとあるかしら。あたしはもしかして、死んだことになってるのじゃないかしら。どう考えても、ここは昔の世界だもの。

次からつぎに、不安が胸《むね》のなかをつきあげてくる。

あたしはなんなの。

あたしはだれなの。

あたしはそのまま、いつも水くみをする家のうらの小さな川のほとりまで走っていった。枯《か》れ草をふみしめる。

川底《かわぞこ》の小石がきらきらときらめいている。

なみだをぬぐい、あたしは水にうつる自分の顔をのぞきこむ。

美紀《みき》であって、いまは美紀じゃない。

水の面が銀色にひかって、あたしの顔がゆらゆらゆれた。手ですくったら、あたしがこわれた。

「あんたが、ミツになるとよ」

水の中の顔が、そうささやいた。

あたしはミツ、ミツとして生きなくちゃいけないのだろうか。

そのとき、さざ波がたって、小川のせせらぎの中から、かすかにメロディーがながれてきた。

ピーロロロ、ヒューロロロ
ピーロロロ、ヒューロロロ

あたしは耳をかたむけた。その調べは少しずつ、あたしの胸《むね》にせまってくる。低く高くすきとおり、まわりの空気を包《つつ》みこみながら……。心にしみいるような音色《ねいろ》に、すべてを忘《わす》れ、あたしは目をつむる。

ああ、すぐ耳元でひびいている。あたしははっとふりむいた。作太《さくた》だ。作太が笛《ふえ》を吹《ふ》きながら立っている。

「ミツ」

作太がにっこりした。

「畑しごとがようやくおわった。大根《だいこん》の種《たね》もまいたし、さあ、思いきり、笛ば吹いてやるばい」

作太はあたしのほっぺたを、ひとさし指でちょいとつついた。

「ほらっ、まえみたいに、作にいちゃんって呼んでみんしゃい」

あたし、少しのあいだ、作太の妹でいよう。作太の笛がもっとききたい。

あたしは大きく息を吸《す》いこんで、思いきって口にだした。

「作《さく》にいさん」

ちょっぴり、てれくさかった。作太もむずがゆそうにいった。

「まあ、にいさんでもよかたい」

「作にいさんの笛、とてもきれい。どうやったら、そんなにきれいな音色《ねいろ》がだせるの」

「おっ、まえのミツにもどったばい。おまえはいっつも、にいちゃんが笛を吹きはじめると、泣《な》きよっても、おとなしゅうなったもんたい」

作太《さくた》は、おどろいたように目をまるくして、それでもうれしそうに横笛《よこぶえ》を口にあてた。

ピーヒャラ　ピッピー
ピーヒャラ　ピーヒャラ　ピッピッピー
こーとしゃ　ほうさく　よか秋《あき》びより
田の神さまよ　ほーれ　ほい
おーどりゃ　稲穂《いなほ》も　こがねの波
ピーヒャラ　ピッピー
ピーヒャラ　ピーヒャラ　ピッピッピー

「わーい、まつりの笛《ふえ》の音がきこえるばい」

男の子が、女の子が、あちこちから、飛びはねながらあつまってくる。

「まつりだ、まつりだ。テテーンテンテン」

久四郎《きゅうしろう》はバチさばきの手つきあざやかに、たいこをたたくまねをした。まるっこい顔がわらっている。

「佐吉《さきち》や政《まさ》はみこしをかつげ」

久四郎が、小さな男の子たちに命令《めいれい》する。

「うん。ユッサーユッサー」

「オッショイ、オッショイ」

佐吉や政はたのしそうに肩《かた》をゆらし、おみこしをかついだポーズでかけまわった。

女の子たちが輪《わ》になっておどりだす。

こーとしゃ　ほうさく
よか秋びより

作太はみんなに囲《かこ》まれている。あたしは、ぽつんととり残されていた。

「シーちゃん、ミッちゃんを連《つ》れてこんね。オレは、仲間《なかま》はずれするやつは、すかんけんね」

久四郎がじろりとシズを見ながらいった。

シズは、もじもじしながら、サトのほうに目をはしらせた。

サトはしらんぷりをしておどっている。

久四郎はシズのうでをつかまえて、あたしのところへ引っぱってきた。

「さあ、ミッちゃんば入れてやり。そうじゃなかと、オレはシーちゃんとの約束《やくそく》、なかったことにするけんね」

「そんな、久《きゅう》さん。うちだって、ミッちゃんをのけものにしようとは思うとらん」

シズはおどおどしたようすで、あたしの手をとった。

「わーっ、ぬくか手やねー、まえのミッちゃんの手とちっともかわらん。さっきはごめんね。なんか、ミッちゃんの物言《ものい》い方もおかしかし、うち、どけんしたらよかかわからんで。でも、いっしょにおどろう」

ピーヒャラ　ピッピー
ピーヒャラ　ピッピー

あたしは、シズのうしろについておどりの輪《わ》にはいった。サトが、ふんと鼻をならして顔をそむけた。

明るく、たのしく、陽気《ようき》な音色《ねいろ》。笛《ふえ》の音が風にゆれ、きらきら、光のなかにとけこんでいくようだ。

ピーヒャラ　ピッピー

ピーヒャラ　ピッピー

「作太《さくた》しゃんの笛《ふえ》はやっぱあ、おいちゃんゆずりたいね。心が浮《う》きうきしてくるばい。よーし、オレ、ひょっとこおどりするけん」

久四郎《きゅうしろう》が腰《こし》にさげていた手ぬぐいで、ほおかぶりをすると、鼻の下できりりとむすんだ。

「よー、久四郎、いいぞいいぞ」

子どもたちがはやしたてた。

「まかせときやい」

「よー、いくぞ」と、作太が笛を持ちなおす。

久四郎はどんぐりのような目をくりくりさせて、ぴょんととがらせた口を横によじらせた。

笛の音が、かろやかにひびきわたった。

「ソレソレ、こーとしゃほうさく、よか秋びより」

「ソーレソーレ」

みんなはいっせいに声をそろえ、手拍子《てびょうし》をうつ。あたしもいっしょうけんめい、ミツになったつもりで手をたたく。

久四郎は目をぎょろぎょろさせながら、ひょうきんにおしりをつきだし、手をふり、足をあげる。

そのかっこうのおかしいこと。みんな、わらった。佐吉《さきち》も政《まさ》もサトまでもわらいころげた。

「ハハハハハ」

「クックククク」

「ウフフフフ」

ひとしきりわらったあと、サトがぽつんといった。

「なんか、よけいにおなかすいたねぇ」

とたんに、久四郎《きゅうしろう》がへなへなっとへたりこんだ。

「あーあ、いっぺんに力ぬけてしもうたやないか。腹《はら》へったなー」

「オレも、ひもじかー」

「オレもたい」

佐吉も政も、どさっと草むらにたおれこんだ。

きゅうにふうせんの空気がぬけたみたいに、みんなの顔はしなしなっとしぼんでいった。

作太が笛《ふえ》をだらりと手にさげたまま、ぼんやりと遠くを見つめた。

「まつりのときゃあ、とうちゃん、ハッピば着《き》こんで、はりきっとったな。とうちゃんの笛はようひびきよった。となり村まできこえるいうて、ひょうばんやった」

「ことしゃあ、とうとうまつりもとりやめになってしもうた。なーも楽《たの》しゅうなか」

久四郎《きゅうしろう》はぺったんこのおなかをさすりながらいう。顔がまるっこいわりには、からだはとてもやせていた。

久四郎だけじゃない。どの子も手足がほそく、ひょろひょろしている。

「米がとれんやったとやもん、しかたなかやろ」

サトがつっけんどんにいった。さっきの笑顔《えがお》は、すっかり消えていた。

「あんた、てんぐさんの子やろ。てんぐさんと暮《く》らしようとき、なんを食べよったと」

サトはいじわるな視線《しせん》をあたしに向けてきた。

「ミッちゃんは、てんぐの子じゃなか」

久四郎がいった。

「なんでもよかけん、二十日間もゆくえがわからんでなん食べよったと」

「なにって？　うちのママは、ハンバーグつくるの上手《じょうず》だし、あたし、ポークソテーもすきだし、おやつはケーキやプリン。ここへ来なければビーフシチューを食べることになっていたの」

あたしは、ため息をついた。みんながあたしをふしぎそうに見ているのに、しばらく気づかなかった。

「なんか、ようわからんばってん、それはうまいとか」

佐吉《さきち》が目をきらきらさせてきいた。

「佐吉、てんぐさんの食べ物なんかほしがったら、あんたもてんぐになるとよ。鼻がながーくなって。ミッちゃんもそのうち、鼻がのびてくるばい」

「あたし、てんぐさんの子じゃないもん。あたしは、いきなり、ここへなげこまれてきたんだもの」

「てんぐさんの子じゃなかったら、やっぱあ、ここがおかしゅうなったとやね」

サトは自分の頭を指でとんとんした。

「サト、もうよさんか、ミツは、おれの妹ばい」

作太《さくた》がサトをしかりつけるようにいった。

「だって……」と、口ごもりながら、サトはだまりこんだ。

「オレ、てんぐの子でもなんでもいいけん、腹《はら》いっぱい、なんか食べたかー」

政《まさ》がつぶやいた。

「あのまっ白い雲、大福《だいふく》もちみたい。うまそうばい」

腹《はら》ばいになって、川の水をのんでいた佐吉が、つぶやくようにいった。

ふわふわの雲が、水に浮《う》かんでいる。

「あっ、雲が動きよう」

政《まさ》が走りだした。

「わーい、大福もちが逃《に》げていくばい」

「まてー、まてー」

政や佐吉《さきち》たちは、ながれていく雲を追っかけていった。

しーんとしずかになった。あんまりひっそりしているので、小さな川の流れが大きくきこえた。

シズがほっとため息をついた。

「ことしの正月は、モチもなかねぇ」

「嵐《あらし》さえ来んのきゃあ、なあ、作太《さくた》、田の神さまって、ほんとにおるとやろうか」

久四郎《きゅうしろう》の顔は、くらかった。

「なんで、そげんこというとね」

作太の声も、低かった。

「ばってん、とうちゃんたちは、ぶじに稲《いね》が実るごと、あげん神さまにお願《ねが》いばしたとに、三べんも大風がふきつけて、稲の花は実にならんやった。神さまは、意地《いじ》がわるか」

「そげな、神さまの悪口いうたら、バチがあたるとよ」

シズは心配そうに、久四郎の顔をのぞきこんだ。

「ふにゃあ」っと、サトの背なかのあかちゃんが、はじめて弱よわしい声をあげた。青白いというより灰《はい》色の顔をして、ほとんど目をつむっていた。

サトは、「よちよーち」と、あやしながら立ちあがった。

「来年の春、麦がとれるまでのしんぼうやって、かあちゃんがいいよった。しんぼうしきらにゃ、百姓《ひゃくしょう》はつとまらんたい。モチがないくらいなんね。うちは、泣《な》き言《ごと》いうもんはすかん。もう、帰るけんね」

サトは、さっさと立ちさっていった。

「なんで、あげん、プンプンいうとやろ。まえは、もっとやさしかったとに」

久四郎が、サトのうしろ姿《すがた》を目でおいながら、頭の手ぬぐいをとり払《はら》った。

「サトのうちは、五人も子がおるからたいへんなんじゃ。サトはあげんして自分ばはげましとるったい」

作太のことばに、シズもうなずいた。

「あのあかちゃん、だんだん、ちいそうなっていくみたいで、だいじょうぶやろうか」

「なあ」と、作太が力強い声をだして、川むこうの田んぼを指さした。

「サトのいうとおりたい。あの黒い土から、麦の青い芽《め》がでて、すくすくのびて、春になったら、麦は大豊作《だいほうさく》たい。小麦粉《こむぎこ》ねって、だんご汁《じる》、腹《はら》いっぱい、食べれるばい」

「だんご汁、腹《はら》いっぱい。オレ、よだれが出てきそうばい」

久四郎《きゅうしろう》は、へへへっとわらった。

「それに、とうちゃんたちも、じき、もどってくるくさ。しんぼう、しんぼう、久四郎」

あたしはだまって、みんなの会話をきいていた。

みんなで見あげた空は、まばゆいばかりに青かった。


このとき、作太《さくた》は十四歳《さい》、久四郎《きゅうしろう》とサトが十三歳で、シズはあたしより一つ下の十一歳、佐《さ》吉《きち》と政《まさ》はまだ八歳だった。

このときの空の色、いまでも、くっきり思いだす。あまりに青くすきとおり、きれいすぎて、なぜか、胸《むね》がぞくぞくした。

あれは、天の国の空の色だったのかもしれない。

享保《きょうほう》十七年・ミツのお正月

年が明けた。

享保《きょうほう》十七年だと、庄屋《しょうや》さんのところへ年始《ねんし》のあいさつにいったばあちゃんがきいてきた。

あたしは、確実《かくじつ》に江戸《えど》時代にいた。あのとき、なにかがおきた。あたしがおむすび食べようと口をあけたとき、ほんとうにお地蔵《じぞう》さまから、手がのびてくるのが見えた。

あたしには、ときどき、そんなことがおきた。物語の世界と現実の境目《さかいめ》がぼやけてしまうのだ。圭一《けいいち》は、あたしに本の読みすぎだと忠告《ちゅうこく》してくれた。

「美紀《みき》はすぐに空想《くうそう》の世界へはいってしまうからな。危険《きけん》だよ」って。

そういいながら、圭一はあたしの話をおもしろがってシナリオにしたてる。

でも今度ばかりは、圭一の手の届《とど》かないところへ、来てしまった。

こういうのって、パパにいわせると、運命《うんめい》っていうのかな。

テレビ会社につとめている、カメラマンのパパは、ニュースを追っかけて、あちこち飛びまわっている。事件《じけん》や事故《じこ》や、また、海外での暴動《ぼうどう》。いろんな人たちを見てきているパパは、運《うん》命《めい》としかいいようがないね、というのだ。もちろん、いい運命のときだってあるんだけど、わるい方が圧倒的《あっとうてき》。

あたしは、どっちだろう。

ここへ来て、もう一か月以上になる。

とにかく、いまのあたしは、自分の運命を受け入れて、ここで暮《く》らすしかない。

でも、あたしのほんとうの名まえは、坂口美紀《みき》。

忘れてはいけない。ねるまえに心の中で三べんとなえることにしている。

かならず、美紀へもどれる。そんな思いを、あたしは心のおくそこへ、ひそかにしまいこんでいた。

正月の朝、からから、からから、音をたてかわいた風が吹きつける。

ばあちゃんは赤い布であたしの髪《かみ》をむすんでくれた。水がめに顔をうつしてみる。どこからみても、あたしは江戸《えど》時代の女の子だ。

「さあ、ごちそうばい」

ばあちゃんがいろりのところから呼んだ。

作太《さくた》とばあちゃんとあたしは、おぞうにに手をあわせた。いいにおい。おなかがぐうとなる。

「こげんして、モチを食べれるとも、おまえらのとうちゃんと死んだかあちゃんのおかげばい」

灰《はい》色の髪《かみ》をきれいにときつけたばあちゃんは、藍《あい》色のひもで髪《かみ》をひとつにむすんでいた。まるい背《せ》なかをしゃきっとのばすようにしていった。

「わかっとうくさ」

そういいながら、作太は待ちきれないように、ハシを手にとり、そわそわした。

きのうの夕方、おおみそかだった。ひっそりと、久四郎《きゅうしろう》の父がもどってきて、とうちゃんからだというモチを届《とど》けてくれた。

あたしは戸のすきまから、そーっと見ていた。

「ああ、ありがたか、ありがたか」

ばあちゃんはなんべんもおじぎをしながら、モチの包《つつ》みを受けとった。

「そいで、吉造《よしぞう》は元気で働《はたら》いとりますかの」

「吉造さんはウメしゃんの奉公《ほうこう》しとった呉服屋《ごふくや》で下働《したばたら》きでおいてもらっとりましたと。ばってん、そこも、これ以上はめんどう見きれんといわれて、このモチが給金《きゅうきん》がわりだそうですたい。年が明けたら、べつの働き口ばさがすっていうとりました。わしんとこは、モトにもうじき、あかんぼうが生まれるけん、とりあえずもどってきましたと」

久四郎《きゅうしろう》の父は、黒くくすんだ顔をして、ぼそぼそと、やっとききとれるくらいの声でいっていた。

ばあちゃんが博多《はかた》の町のようすをたずねても、あいまいに首をふるばかり。

「わしは働《はたら》き口もなく、住むところもなく、橋の下で寝泊《ねと》まりしとりました。吉造《よしぞう》さんがときどき、食べ物をこっそり持ってきてくれて、モチも半分分けてくれて」

久四郎の父は、がさがさした手で目をぬぐった。

「とうちゃん、正月だけでも帰ってくりゃあよかとに」

作太《さくた》がそばで、がっくりと肩《かた》を落とした。

「作太、わかってやらにゃあ。自分の食べる分ば考えてもどってこれんとたい」

ばあちゃんも、ひからびた手を目にあてた。

とうちゃんって、どんな人なんだろう。

あたしのパパは、いつも、カメラの機具《きぐ》をかついでさっそうとしている。すらりと長い足、ジーパンがよく似《に》あってて、けっこうハンサム。いまはオーストリアのチロル地方へいってる。チロルの秋から冬の景色《けしき》を取材《しゅざい》するんだと、はりきっていた。今回はたのしい仕事なので、パパはきげんがよかった。おみやげは、チロルの民族衣装《みんぞくいしょう》だよねといったら、大きく指でマルをかいてくれたっけ。

パパとあく手してわかれたのは、いつだったかしら。

久四郎《きゅうしろう》の父は、まるで枯《か》れた木みたいだった。しらががいっぱいの頭をがっくりとまえに落とすようにして、帰っていった。

モチは二十五個《こ》あった。つやつやと白くかがやいていた。

「おモチだ、おモチ」

あたしははやしたてた。こんなに、おモチがおいしそうに見えたのは、はじめてだ。

「ミツ、シズちゃんにもあげてきんしゃい」

「えっ、これだけしかないのに」

あたしは声をあげた。

「ミツ、宝物《たからもの》ばひとりじめにしようとは、根性《こんじょう》が曲がっとう。みんなで分けあわな」

ばあちゃんは、いつになくきびしい顔つきをした。はっとなって、あたしは下を向いた。

「行こう、ミツ、おれもついていくたい」

「ええ」

あたしは救《すく》われるように作太《さくた》にうなずいた。すぐに、作太とあたしは、そのなかの五つをシズに届《とど》けた。

シズは顔をほころばせた。

「こんなに……。さっき、久四郎《きゅうしろう》さんもくれたとよ」

シズの母がいそいで土間《どま》のすみから、なにかをとりだし、ザルに入れて持ってきた。

「ありがとう、作太《さくた》さん、これ、ほったばかりのさといもたい、少しばってんおぞうにに入れんしゃい」

シズのよろこぶ顔をみて、あたしはぞうりばきで、スキップしながらもどってきた。

美紀《みき》がすきなのは、フライドチキンにかにグラタン、モスバーガー、ママに内緒《ないしょ》のカップラーメン。イチゴのショートケーキ、ポテトチップス、チョコパフェにハーゲンダッツのアイスクリーム……。

次からつぎに、食べ物が浮《う》かんでくる。だけど、シズがすきなのは、
おモチ、おモチ、おモチ。

そして、いまのあたしは、ミツ。

ワラぶきの小さなうちの中、腰《こし》の曲がったばあちゃんが作った、おぞうにをふうふう食べる。

ばあちゃんは、いろりにかけたおなべの中をかきまぜる。

おモチに大根《だいこん》、にんじん、さといもが入ったおぞうにから、湯気《ゆげ》があがった。

「おいしいよ、ばあちゃん」

「そうか、そうか」

「シズちゃんも、食べてるよね」

このときまで、村の人たちは、わずかな食べ物をわけあって、新年を迎《むか》えることができたのだ。

あたしは汁《しる》の一滴《いってき》までのみほした。

「あー、おなかいっぱい」

「オレも」

あたしたちは、顔を見あわせた。

「ほれ、ミツ、おまえの着物たい」

ばあちゃんはにこにこしながら、あたしのまえに着物をひろげて見せた。せまい、うすぐらい部屋《へや》のなかに、白い梅《うめ》の花が、ぱぁーっとひろがった。

あたしは目をまんまるくした。そーっと、さわってみた。

「すごーい。これ買ったの」

「おまえのかあちゃんの形見《かたみ》たい。少し縫《ぬ》い直ししたと。かあちゃんはな、ほれ、このモチをくれた博多《はかた》の呉服屋《ごふくや》さんで奉公《ほうこう》しよったと。お店の人にかわいがられて、よめにくるとき、この着物を作ってもろうたと。これをきたかあちゃんは、十五になったばかりで、おにんぎょうさんみたいに、あいらしかったばい」

ばあちゃんはすばやくきせてくれると、赤い帯《おび》をきゅっとしめてくれた。

「よう、似《に》あっとう。若《わか》い時のウメにそっくりたい。こげなよか着物は、庄屋《しょうや》さんの娘《むすめ》さんしかきられん」

ばあちゃんは、口をすぼめて、うっとりとあたしをながめた。

ばあちゃんのしわくちゃの顔がはなやいでいた。

「ミツ、きれいかあ」

作太《さくた》もはずんだ声をだした。

かあちゃんは、ウメというなまえで、梅《うめ》の花がだいすきだったと。

あたしは両手をいっぱいにひろげてみせた。

「ありがとう、ばあちゃん。なんか、梅の花のにおいがしてくる」

あたしはうれしくなって、両手をひろげたまま、くるくる、くるくるとまわりつづけた。

「ミツ、おまえは、うれしかときは、いつもそげんして、くるくるまわりよった。やっぱり、ミツはミツたい」

ばあちゃんがこうふんしたようにいった。

美紀《みき》ちゃん、ちがうのよ。あなたはママの子よ。ほら、ラベンダーのかおり、ママのすきな

香水《こうすい》よ。美紀《みき》ちゃんはちっちゃいときから、すぐそんなにくるくるまいしてたよね。

耳元で、ママの声がする。どきっとして、あたしは足を止めた。まだ、まわっている。天井《てんじょう》がぐるぐる、壁《かべ》がぐるぐるぐる。

あたしはよろけた。

「ほらほら、あんまりはしゃぐけん」

小さなからだで、ばあちゃんはあたしをささえてくれた。

「ばあちゃーん！」

あたしは、このとき、ミツでもいいと思った。梅《うめ》の花のすがすがしいにおいにひたっていたかった。

ママのあまったるい声をふり払《はら》うように、強く強く、ばあちゃんにだきついた。

「ミッちゃん、おはじきしよう」

「作太《さくた》しゃん、たこあげにいこう。やっこだこ作ったばい」

シズや久四郎《きゅうしろう》が呼《よ》びにきた。

「行く行く」

あたしはすぐに返事をした。

「ちょっと、待ちんしゃい」

ばあちゃんが着物のそでを引っぱった。

「きがえてからたい」

「どうして、あたし、シズちゃんにも見せたい」

ばあちゃんはこまったような顔をした。

「よごれるといいかんやろ」

「ちゃんと気をつけるわ」

「あのなー」

作太が横から、口をはさんだ。

「お上《かみ》からのおふれでなー、百姓《ひゃくしょう》はよか着物をきたらいかんごとなっとう。そんなの見せびらかしとったら、お役人《やくにん》に連《つ》れていかれて、着物もとりあげられてしまう。かあちゃんの形見《かたみ》じゃけん、だいじにしまっとこう」

「自分のものなのに。なんでとられるの？」

これ以上、ばあちゃんと作太をこまらせてはいけない。あたしはしぶしぶうなずいた。

麦の芽《め》

二月、梅《うめ》の花がひらいた。

一つ、また一つ。

かあちゃんがすきだったという梅の花、かおりが庭先にただよった。

ケキョケキョケキョ。

「ほう、ウグイスさんが来たばい。まーだ、鳴き方がへたくそやね、はっはっはっ」

ばあちゃんは歯のない口を大きくあけた。

「青か空やね。こうやって手をのばしゃあ、すぐにでも春に届《とど》きそうたい」

作太《さくた》はつま先だって、両手を空にあげた。

「天気さえよけりゃ、作物《さくもつ》は育つ。ことしゃあ、よか年になるばい。そげな気がする」

ばあちゃんはぽんぽんと両手を打って、何度も空におじぎをした。

「うん、麦も順調《じゅんちょう》に芽《め》を出した。いまからミツと麦ふみに行ってくるばい」

「頼《たの》んだばい。ばあちゃんはたきぎにする枯《か》れ枝《えだ》ば少しでもあつめとこう」

ばあちゃんは縄《なわ》をもって、腰《こし》を曲げ曲げ出かけていった。

「ねえ、麦ふみってなあに？」

「また、ミツのなあに、なあにがはじまった。行けばわかるたい」

作太は、あたしを麦畑へ連《つ》れていった。

あわい光のなか、黒い土から、つん、つん、と四、五センチにのびた青い芽が一面に広がっている。

「わあー、きれい」

あたしは歓声《かんせい》をあげた。

作太はさっさと畑に入りこむと、その青い芽をわらじの足でせっせとふみはじめた。

「いやだー、どうして、そんなかわいそうなことするの」

あたしは手をのばして土にまみれた芽を元にもどそうとした。

「麦はなあ、ふまれたら、強うなる。たおれても、麦は起きあがる。そうやって、しっかり育っていくとたい。ミツもふんでいけ」

背《せ》だけ、ひょろりとのびた作太が、ぎゅっと、あごを引いて、あたしを見おろしていた。

「ほんとに起きあがれるの」

あたしは、その青い芽《め》の上にそっとわらじをはいた足をおろした。

「もっときつうふめ」

作太《さくた》にいわれて、あたしは力をこめた。

「これくらい？」

「そうそう」

麦ふみ、麦ふみ。

キシッ、キシッ、キシッ。

つめたい風が麦畑をわたっていく。

わらじをはいて、キシッ、キシッ、キシッ。

「えっさほっさ」

向こうの畑で、久四郎《きゅうしろう》がからだをゆらしながら、かけ声をあげてふんでいた。

その向こうでは、シズも顔をまっかにして行ったり来たり、やはり青い芽《め》をふみしめている。

「ミッちゃーん、がんばんしゃいね」

あたしに気づいて声をかけてくれた。

「シズちゃんもね」

あたしも、大きく手をふった。からだがぽかぽかしてくる。

ぴーんとはった空気を深くすいこんだ。

「作太しゃん、あとで、魚すくいに行こう」

「わかった、網《あみ》ば用意しとくけん」

作太が久四郎《きゅうしろう》にこたえた。

ここの暮《く》らしに、あたしはなかなか、なじめない。いつも、おなかはすいていた。一日に二回、朝、カブのはいった汁《しる》たっぷりのスープをのんだら、夜暗くなるまえに同じようなスープをのんで、それでおわりだった。おモチがあるあいだはまだよかった。ばあちゃんは、おモチをうすく切って、お汁の中に入れていた。それもなくなった。

「魚がとれたばい。こげなちいさかドンコが二ひきばってん」

作太がうれしそうにかけこんできた。この日は、おなべの中で、魚がはねた。

「きょうは、ミツも麦ふみをがんばったけん、しっかり食べんしゃい」

ばあちゃんは、あたしと、作太のおわんにいっぴきずつ、五センチくらいの小さな魚を入れてくれた。

「ばあちゃん、半分しよう」

作太がはしでちぎって、ばあちゃんにさしだすと、ばあちゃんは手をふった。

「ばあちゃんはこのお汁《しる》がすきじゃけん。よかよか、ミツも食べんしゃい。子どもはいまから大きゅうならないかん」

ばあちゃんにわるいと思いながらも、それでも、あたしは魚をがつがつ食べた。

むちゃくちゃ、なにか食べたい。この麦が育てば、おなかがすくこともなくなるって、作太《さくた》はいった。

「じゃあ、あたし、おまじないしよう。麦、麦、起きろ、はーやく大きくなーれ」

あたしはそういって、シズとまいにち、麦畑を見にいった。三日たった。シズがかけこんできた。

「ミッちゃん、はよはよ。麦の芽《め》が起きあがっとうよ」

「ほんとだ、あんなにくしゃくしゃにたおれてたのに、こんなにぴーんとなって、ふしぎね」

「ふふ、ミッちゃんったら、まるでなんもかも初めてみたいに驚《おどろ》くとやね」

「だって、あたし、いままでのこと、ようわからん」

「ごめんごめん。そうやったね。でも、ミッちゃんはミッちゃんやけん、それでよかとよ。ミッちゃんがいろんなことにびっくりしたりすると、うちもいっしょに、そげな気もちになるとよ」

「ありがとう、シズちゃん」

麦の芽《め》は、いちだんとたくましく、つんと葉の先っぽをとがらせて、まっすぐ空へのびていた。かがやいて見えた。

ところが、それからだった。雨がふりはじめたのは……。

重苦しく灰《はい》色におおわれた空。くる日もくる日も雨はふりつづき、雨は梅《うめ》の花を散《ち》らせた。どろにまみれた、白い花びら……。

それを見ていると、なぜかあたしの胸《むね》の中を、不安なものがよぎった。だけど、これがあのおそろしいことのはじまりだとは、気づくはずもない。

外でかけまわることもできず、あたしとシズは、まいにちのようにいろりのそばで、糸とりをしてあそんだ。

両方の手の指に、輪《わ》にしたひもをかけ、かわりばんこに、ひもをとりあいっこしながら、いろんな形を作ってあそぶのだ。

最初《さいしょ》、シズはひとりあやとりをしてみせた。両手に糸をかけ、ぴーんとはると、シズの五本の指がすばやく動きだした。シズは糸の間に指をくぐらせたり、口にくわえたり、そのたびに糸はくるくると変化《へんか》しながら、ひとつのものに形づくられていく。

「ほーら、今度はお星さまたい」

「すごーい、手品《てじな》みたい。さっきは橋だったよね。ねえ、どうやってするの。あたしにもできるかしら」

「できるくさ。まえはふたりでよくしよったじゃなかね」

シズはあたしの指に糸をかけてくれた。

「今度はうちがミッちゃんの糸をとるけん」

「つぎはあたしね。どの糸をとるの」

「両方の人さし指で二番目と、五番目をひろうて」

「ねえ、何ができるの」

「さあね、なんやろうかね」

あたしたちは、何度もおたがいの糸を指ですくいとっていった。

「はい、ミッちゃんの番で出来上がり」

あたしは両手をぴんとはった。

「ほんとだ、これ、琴《こと》の形してる」

「あたった、それ、琴なんよ」

「ふふ」

「ふふ」

あたしたちは、くすくすとわらいあった。

時間がゆっくりながれていく。

学校も塾《じゅく》も、おけいごともない。テレビもゲームもない。しずかすぎるくらい、しとしととふる雨の音。

ばあちゃんは土間《どま》にひろげたワラの上で、背《せ》なかをエビのようにまるめて、ひっそりと、縄《なわ》をなっていた。

「ミッちゃんの小指、いつから、そげん曲がっとった?」

シズにいわれて、あたしははっとした。

これは、あたしが美紀《みき》であるまぎれもない証拠《しょうこ》。

小指が少し内側《うちがわ》に曲がっているのは、ピアノの練習をしすぎたせいだ。


あたしは、四歳《さい》の時からピアノをはじめた。小さな手をせいいっぱいひろげても、親指と小指で同時に一オクターブ上の音をおさえるのはむりだった。あたしの小指は、少しでも早く、けんばんにタッチできるようにと、練習しているうちにしだいに曲がっていった。

あたしは、音楽大学を出たばかりだったはるか先生の一番弟子《でし》だった。もう、七年間のおつきあい。きれいで、やさしい顔をしているはるか先生だけど、練習は、なかなかきびしい。

いつも長い髪《かみ》をピンクのりぼんでかんたんにむすんだだけのはるか先生は、白い指をけんばんの上にはしらせた。

「いい、美紀《みき》ちゃん、この『すずらん』って曲はね、強くはげしく、それでいて、やさしいきもちでひくのよ。たたきつけるだけじゃ、だめ。ほら、北国の遅《おそ》い春に咲《さ》く、白い花をあなたの中に思い描《えが》いて」

ママはあたしをピアニストにしたいらしい。それは、ママの夢《ゆめ》。あたしはママがすきだったから、ママのいうとおり、いっしょうけんめい練習した。小学生としては、かなりむつかしい曲もひきこなせた。あたしは、パパとママのじまんの娘《むすめ》。それを息ぐるしく感じはじめたのは、いつごろからだったのだろう。

パパとママと暮《く》らしていたのは、ずっと前のことのような気がする。圭一《けいいち》というちょっとふうがわりな従兄《いとこ》がいたっけ。それから、同じクラスで同じマンションのマサル。隣《となり》どうしで、一年生の入学式から、ずっといっしょだった。最近のマサルは背《せ》がのびて、少年野球のピッチャーだ。階段《かいだん》であっても「おっ」なんて手をあげて、ちょっとまぶしい。でも、あたしがいなくなったら、絶対《ぜったい》に一番に心配するはず。それに仲良しの由佳《ゆか》ちゃんだって。由佳ちゃんは、おっとりしていて、とってもやさしい。まるでシズちゃんみたい。そういえば、マサルは、どこか、久四郎《きゅうしろう》に似てる。落ちこんでいるとき、よくおどけて、あたしをわらわせてくれた。

あたしは夢《ゆめ》見るようなきもちで、その人たちのことを思い浮《う》かべた。

あたしがだまりこんだので、シズが心配そうに、あたしの顔をのぞきこんだ。

「でも、その指、ひもかけるとき、つごうよかよね。ミッちゃん、気にせんのって」

「気にしてないよ、シズちゃんってほんとにやさしいんだ。あのね、これはね、ピアノをひきすぎたから」

あたしは、シズの耳に口を近づけていった。

「ピアノって?」

シズは目を大きくした。

あたしはばあちゃんのほうをちらりと見た。ばあちゃんはあたしが美紀の時のことを話すと、へんなことをいうなって、すぐにいやがるのだ。さいわい、あたしたちの話はきこえてないようだ。

あたしは大きく手をひろげて、ピアノの説明《せつめい》をした。

「おもしろかー。そげん大きかったら、ものすごく大きな音がでるやろうね。ミッちゃんはいつも、夢《ゆめ》みたいなことというけん、うち、楽しかー。ねえ、ミッちゃんは迷子《まいご》になっとったあいだ、ほんとはどこへ行っとったと?」

「そうね、未来《みらい》」

「未来《みらい》って?」

「二十一世紀になるの」

「ようわからんばってん、そこでは、おなかがすくことはなかと?」

「うん、スーパーやコンビニに行くと、食べるものがいっぱい売っている」

「よかねえ。博多《はかた》の町に行くと、お店屋さんや米問屋《こめどんや》があるってきいたばってん、うちたち、百姓《ひゃくしょう》はそげなものは買いきらんけん」

シズがため息をついた。シズだけがあたしの話を熱心《ねっしん》にきいてくれた。

いいえ、ほんとうは、作太《さくた》もいつも耳をかたむけていたのだ。

作太が笛《ふえ》を吹《ふ》きはじめた。作太はひまがあると笛を吹いている。

「作太しゃんはほんなこと、笛が上手《じょうず》かね。ミッちゃんのピアノというのといっしょに吹けたらよかね」

シズは真顔《まがお》でいった。

あたしたちは、糸とりをやめて、作太の笛に耳をかたむけた。

作太は、じーっと外を見つめながら、指を動かしている。そこだけが、しーんとした音だけの世界。

作太は、自分の思いを笛の音にたくしているのだろうか。作太の笛をきいていると、いつも心がゆすぶられた。

作太の、そのときのきもちが、調べとなって、ながれていく。

強く、はげしく、そして、やさしい笛の音。


はるか先生のことばが、あたしの頭の中をかすった。

「美紀《みき》ちゃん、いそぎすぎないで。もっと、音をたのしみなさい」

あたしは、いつも、機械的《きかいてき》にけんばんをたたいていた。人よりも、早くグレードをあげたい、それだけだった。

「この子ったら、こんなになるまでピアノをひいてるの。よっぽど、すきなのよね」

ママは、誇《ほこ》らしげにあたしの小指を人に見せた。

やめてよ、ママ。あたしは機械《きかい》じゃない。そう感じたとき、あたしは自分のピアノがかさかさしているのに気づいた。いつも目のまえにママがちらついて……。ママがいけないんだ。そんなきもちを、あの日の朝、あたしは爆発《ばくはつ》させたのかもしれない。ママが勝手《かって》にミルクティーにしたことで。


しとしとと、雨がふる。

灰《はい》色の空。

雨のにおい、笛《ふえ》の音。

しずかな時が、ゆったりとすぎていく。

それは、久四郎《きゅうしろう》の声でやぶられた。

「作太《さくた》しゃーん、ばあちゃーん」

久四郎は、あらい息をしながら、みんなのまえにつったった。あおざめた顔、くちびるがひくひくとひきつっている。

「あかんぼうが生まれた」

とたんに、ばあちゃんが、しゃきっと腰《こし》をのばした。

「男ね、女ね」

「わからん」

久四郎は、わっと、泣《な》きだした。

「とうちゃんが、すぐにふろしきにつつんで、大きな川のほうへ走っていった。オレは追いかけたと。ばってん、とうちゃんは、えずか（こわい）顔して、かえれっ、ていうて」

ばあちゃんが、あわてて家を出ていった。

シズは、糸とりの糸を指にからませたまま、宙《ちゅう》を見つめた。

作太は、しゃくりあげる久四郎《きゅうしろう》に、さゆをのませた。
いったい、どうしたんだろう。あかちゃんが、生まれたというのに……。

川のなかは　母親のおなかといっしょ
チャプチャプ水の音がして
生まれたばかりのあかちゃんは
やすらかに
ごくらくへいかれるとばい
そこにはなあ
あかちゃんがいっぱいおってなあ
あみださまにだかれて
みーんな　にこにこしとるばい
こわいことも　おなかのすくこともなか
生きて　地獄《じごく》にあうよりは
ずーっとよか

あたしたちが、久四郎《きゅうしろう》の家へ行ったとき、ばあちゃんは、久四郎の母に、歌うように、低《ひく》い声でささやきかけていた。

「さあ、ねむって、ねむって、あかちゃんのことは、忘《わす》れるったい。なあ、モトしゃん、つらかことは忘れにゃ、生きていけん」

ばあちゃんのまるい背《せ》なかの向こうで、久四郎の母は目をつぶっていた。ほつれた髪《かみ》がちらりと見えた。息をしているのもわからないくらい、しずかだった。

久四郎の父が、がらりと戸をあけた。手には、なにもない。久四郎の父は、みんなに顔をそむけ、おくのへやに入っていった。だれも、なにもいわない。おくのへやから、「ナムアミダブツ、ナムアミダブツ」と、声がきこえてきた。

「ねえ、なぜ、みんなだまってるの。教えてよ、作《さく》にいさん」

作太《さくた》はこたえない。

あたしはシズにほこさきを向けた。

「いっつも、なんだって教えてくれるじゃない」

「あ、あの、あの……」

シズはそれ以上言葉にならなかった。あとはうつむいて、あたしの顔を見ようともしなかった。久四郎は気が抜《ぬ》けたように、ぼーっとつったっていた。

「あかちゃんはどうしたの。あたし、久四郎さんのおじさんにきいてくる」

「よせ」

作太があたしのまえに立ちはだかった。

「あのあかんぼうは、この世に生まれてこんやった」

「そんなー、さっき生まれたって」

「わからんとか、ミツ。川にながされ、あみださんのとこにいくとたい」

いっしゅん、あたしの頭の中はまっしろになった。作太のことばをただ、くりかえしていた。

生まれたばかりのあかちゃんが、川にながされた！　ながされた！　ながされた！

「そんなの、いやー」

あたしは悲鳴《ひめい》をあげた。

「あたし、助けにいく」

あたしは久四郎の家を飛びだそうとした。

「作太、ミツを家に連《つ》れて帰《かえ》んしゃい」

ばあちゃんがいった。

「久四郎が一番つらか思いばしとう」

作太はあたしの耳元でおこったような声を出し、あたしをだきかかえるようにして自分のうちへ連《つ》れていった。

「お願《ねが》い、作《さく》にいさん、川へあかちゃんを助けにいこう。まにあうかもしれん。ねっ、お願い」

あたしがどんなに頼《たの》んでも、作太《さくた》はあたしをだきしめたまま、はなそうとしなかった。

作太のうでの中で、あたしはふるえた。からだじゅうに力をこめても、あたしは、ふるえつづけ、歯が、カチカチとなった。

「しかたなか、しかたなか」

久四郎《きゅうしろう》のところからもどってきたばあちゃんは、その日、一日中、ひとりごとをいっていた。

「どうせ、モトしゃんがあげんやせとりゃ、乳《ちち》も出んやろうし、しかたなか。今、生きとうもんが、飢《う》え死にしそうなんじゃ」

そうして、からの米びつのところへいっては深いため息をついた。

「ほんのひとにぎりの米でも残っとりゃあ、モトしゃんに、おいしかかゆを作ってやるとに」

そこに、お米がはいっているのをあたしは見たことがなかった。さいごのお米をばあちゃんは、あのとき、あたしのためにたいてくれたのだ。

「作にいさん」

あたしの声はかすれていた。

「なんね、もう落ちついたね」

作太《さくた》の声もやさしくなっていた。

「もうすぐ、麦がとれるっていったじゃない。麦さえとれたらって、それなのに、どうして、あかちゃんを?」

「こげん、雨がつづきゃあ、麦もわからん。もう、あかちゃんのことは、忘《わす》れろ。口にだしたらいかん」

作太はきびしい顔で笛《ふえ》を吹《ふ》きはじめた。

雨はふりつづく

三月、四月、雨はふりつづいた。

五月、雨はあいかわらずふっている。

家のなかは、じめじめしてカビだらけ。ある日、へやのすみっこに、あたしはめずらしいものを発見した。

「ばあちゃん、キノコがはえてるよ」

「あれまあ、よっぽどうちのなかが湿気《しっけ》とるとやね。これも天からのおくりものたい」

ばあちゃんはうれしそうに手をだした。

「どうするの?」

「もちろん、食べるくさ」

「毒《どく》キノコだったら、死んじゃうよ」

「心配せんでもよか。まえも食べたことあるけん。このばあちゃんが毒味《どくみ》してやる」

ばあちゃんは、ていねいにキノコをとった。あたしははらはらしてたけど、ばあちゃんは、ぴんぴんしていた。だから、つぎの日はあたしも、作太《さくた》もキノコ汁《じる》を食べた。

梅《うめ》の実はとうとうひとつもならなかった。

そして、麦がたおれた。コーヒー色のどろ水のなかに、よこたわっている麦の穂《ほ》。キュッ、キュッ、麦ふみしたあとに、力強くのびていった、あの青い芽《め》はどこにいったのだろう。

あのときの足のうらのひんやりした感触《かんしょく》を思い出しながら、あたしは一本の麦の穂《ほ》をひろいあげた。

「うーっ」

思わず顔をそむけた。どろどろした根元から、なんともいえない、くさったにおいがただよってくる。

「だめばい、どれもこれも」

作太《さくた》はどろ水の中を歩きながら、狂《くる》ったように、次つぎに麦を引っこぬいていく。

「こっちの夏大豆《なつだいず》もくさっとう」

作太は麦畑の横に植《う》えている大豆の茎《くき》もずるずると引っぱりあげた。

「こげん長雨じゃ、野菜《やさい》もみんなだめばい。ばあちゃん、どげんしよう」

ばあちゃんの小さなからだが、がくっとゆれた。

「何年も凶作《きょうさく》が続いて、頼《たの》みにしとった麦がこれじゃ、どげんなるとやろう。食べるもんが、もうなかとに」

ばあちゃんは、そのまま、ふらふらしながら、どこへともなく歩きだした。こんなばあちゃんの姿《すがた》を見るのははじめてだ。

あたしと作太は、あわててばあちゃんの後を追い、両がわから、ばあちゃんのうでをとった。ばあちゃんのからだから力がぬけでていた。ぼんやりした目をしている。

「作にいさん、凶作《きょうさく》って、なあに。ほんとうに食べる物がないの」

「ああ、ミツはまえのことを覚えとらんばってん、この何年ものあいだ、日でりがつづいたり嵐がきたりで米も野菜も少ししかとれんかった。米は年貢米《ねんぐまい》をおさめたら、ほとんど手元には残らんやった。それにかあちゃんが、ずっと寝《ね》こんどって、その薬代と引きかえに庄屋《しょうや》さまに田んぼを渡してしもうた」

「じゃあ、この田んぼは？」

「借りとるったい。うちは小作人《こさくにん》になってしもうた。久四郎《きゅうしろう》のとこも、年貢米《ねんぐまい》をおさめられんで、やっぱり田んぼを手放《てばな》した。去年も米はほとんどとれんで、そいで、とうちゃんはどうにかしようと町へ行ったばってん……」

「もう、だめばい」

ばあちゃんは首をふる。

「博多《はかた》の町も食べもんがなくて、こまっとうげな。このまえ、博多へ行ったもんが、どっこも働《はたら》くとこもなくて帰ってきた。とうちゃんのゆくえを頼《たの》んどったばってん、どこにおるかわからんというとった」

ばあちゃんの声はかすれていた。

「もどってこんけん、どっかで元気に働《はたら》きようったい。オレは信じとう。とうちゃんが帰ってきたら、オレもいっしょうけんめい働いて田んぼを買いもどすったい」

作太《さくた》は、きゅっとまゆをあげ、空をにらんだ。

「ばあちゃん」

作太がしっかりした声をだした。

「オレが、ばあちゃんとミツを守っちゃあ。とうちゃんが帰ってくるまでがんばるたい」

雨粒《あまつぶ》が、作太の顔ではねた。

「オレ、いまからタニシとりに行ってくるけん。ばあちゃん、きょうは、うまいタニシ汁頼《じるたの》むばい。ばあちゃんのタニシ汁は、天下《てんか》のごちそうたい」

作太は、おどけたようにいうと、

「ミツもついてくるか」と、あたしをさそった。

ばあちゃんのしわしわの顔が、少しわらった気がする。

「ミツ、どしゃぶりになるかもしれん。かさをかぶっとったがよか」

作太は、あたしにすげのかさをかぶせ、あごのところでしっかりとひもをむすんでくれた。

あたしは美紀《みき》だったときのことを考えた。

家の冷蔵庫《れいぞうこ》にはいつも食べ物がぎっしり詰《つ》まっていた。公園の側の赤いやねのケーキ屋さん、きれいなショーウインドーには、いろんな形のケーキが並《なら》んでいた。角のパン屋さんからは、いつも焼《や》き立てのパンのにおいがした。パパやママといくレストラン。スーパーにも、コンビニにも食べ物があふれるようにあった。きらいなものは食べなくてもよかった。給食は山のように残り物がでてた。

そんなの、全部、あたりまえのことだったのに……。

タニシとりって、よくわからないけど、あたしは、作太のいうとおりにザルをかかえ、もういちど、小雨の中を飛びだした。

久四郎《きゅうしろう》とシズもさそった。

「ミツとシズは、あぜ道の草をつみよれ。タニシ汁《じる》に入れたら野菜《やさい》がわりになるけん」

作太《さくた》はてきぱきというと、きもののすそをまくりあげ、久四郎《きゅうしろう》とどろどろした田んぼに入っていった。

みどりの草は、あおあおとぬれてつやつやしている。

「ミッちゃん、ここにヨモギがはえとうよ。ハコベも、ギシギシもある」

シズはいつも、自分から声をかけて、あたしにいろんなことを教えてくれるのだ。なにをするにも、あたしはようすがわからない。草なんか食べて、おなかが痛《いた》くなったらどうしよう。でも、ばあちゃんもときどき、道ばたの草をつんできてるみたいだ。

このころ、村の人たちは、だれもが川の魚をとり、タニシや野の草と、食べられる物をさがし求《もと》めていた。

シズは、なれたようすで、せっせと野草をつみだした。あたしも横でシズのまねをした。

「ミッちゃん、根っこから引っこぬいたらいかんとよ。根っこが残っとりゃあ、また、草がのびてくるけんね」

あたしは草取りみたいに引き抜いていた。

作太と久四郎は腰《こし》をかがめて、どろ水の中にざるをつっこんでいる。久四郎の額《ひたい》にどろがはねかえった。

「チェッ」

久四郎《きゅうしろう》が着物のそででこすると、どろはすみのように額にひろがった。

「ふふふ、ほんとに久《きゅう》さんはへまばっかりするんやけん」

シズが横目で見ながらわらった。

「へへーい、へい」

白い歯を見せ、にっとわらいかえす久四郎の顔は、もう、まえのようにまるっこくなかった。ほおがこけていた。

「ミッちゃん、ちょっとこんね」

久四郎に呼ばれて、あたしはそばへ近よった。

「よかね、見とれよ。タニシよ、タニシ、でーてこい」

おどけた目をして、久四郎がザルをゆすった。久四郎といっしょに、首をつっこむようにしてのぞきこむと、石ころやどろにまじって、小さな巻《ま》き貝《がい》がころがっている。

「あれっ、これがタニシ？　なーんだ、サザエのあかちゃんみたい」

と、いって、あたしははっとした。

あのあと、久四郎はあかちゃんのことは、忘《わす》れたように、明るくふるまっている。

「ごめんなさい」

「気にすることたあなか」

久四郎《きゅうしろう》はタニシをひろいあげた。

「ひとつ、ふたーつ、……あーあ、たったの五つか。腹《はら》のたしにもならん。タニシも少《すく》のうなった」

久四郎はため息をつくと、ザルをぽーんと空へほうりなげた。

「こらっ、久四郎、おばちゃんに滋養《じよう》つけてやらにゃあ」

作太《さくた》がたしなめた。

「あっ、そうか、かあちゃんには、はよう元気になってもらわないかん」

久四郎は、いそいでザルをひろいあげた。

久四郎の母は、あかちゃんをうんだあと、具合《ぐあい》がわるくねたままだ。

「タニシよ、タニシ、それ、出て来い。ミッちゃんも歌って」

「うん。タニシよ、タニシ、それ、出て来い」

あたしたちは、声をあわせた。

久四郎がザルを持ちあげゆすった。

「すごか、いっぱい入っとう。ミッちゃんの歌がききめがあったばい」

「すごいでしょ」

あたしがそういったときだ。

ハコベ
ギシギシ
タニシ
ヨモギの、わかば

「ウーッ」という、犬のうなり声。はっとなって、あたしたちは、ひとりで草をつんでいるシズの方をふりかえった。

一匹《いっぴき》の犬が、まっくろい大きな犬が、シズをねらっている。口からは、だらりとよだれをたらし、目をぎらぎら光らせて……。

シズは、顔を引きつらせ、棒《ぼう》のようにつったっていた。

犬が、からだを低《ひく》くかまえ、シズに飛びかかろうとした。そのしゅんかん、

「シーちゃん」

久四郎《きゅうしろう》がさけびながら、ザルをふりかざし、もうぜんと犬に向かっていった。

犬はほこ先をかえた。らんらんと狂《くる》ったような目が久四郎に向かう。

「あぶない！」と、作太《さくた》。

犬が走りこんでくる。

犬と久四郎が正面からぶつかろうとした、そのとき、犬は、狙《ねら》いをさだめたように、がぶりと、久四郎の太ももにかみついていった。久四郎の持っていたザルが飛んだ。

ギャアーという、久四郎の悲鳴《ひめい》。

あたしは思わず目をつぶった。

「ミツ、だれか、呼んでこい」

作太にいわれて、あたしはあぜ道を走りながら夢中《むちゅう》でさけんだ。

「だれか、だれか、たすけてー」

近くでタニシとりをしていた、四、五人の大人《おとな》たちが気づいて、棒《ぼう》を持ってかけつけてきた。

久四郎は犬にかみつかれたまま、たおれている。

「このやろう」

作太は犬にむかって、手あたりしだいに、石やどろをなげつけていた。なげながら、作太はさけんだ。

「こらっ、はなせ」

「久四郎をはなせー」

「作太、どいてろ」

一番若い男の人が、こやしをかつぐ太い棒《ぼう》を力いっぱい、犬の頭めがけてふりおろした。犬は声もなく、どさっと真横《まよこ》にたおれた。だらーんとした口が、ようやく久四郎をはなした。それでも犬は起きあがろうと、手足をぴくつかせる。

そばにいた人たちは、何度も何度も犬を棒《ぼう》で打ちすえる。ぴくぴくしていた犬が、ようやく動かなくなった。

「久《きゅう》さーん」

シズが久四郎《きゅうしろう》にかけよろうとするのを、作太《さくた》がだきとめた。

「シズ、近よっちゃいかん」

「どうして？　久《きゅう》さんは、うちのかわりに犬にかまれたとよ」

シズは作太のうでの中でもがいた。

てんてんと赤い血を雨がながした。


その夜、久四郎の家から、キャンキャンと犬の悲鳴《ひめい》のような声が、一晩中《ひとばんじゅう》きこえてきた。それは、犬ではない、久四郎の狂《くる》ったさけび。あたしは両手で耳をおおう。

なぜ、久四郎さんが、こんな目にあわなければいけないの？　これも、運命《うんめい》？

ばあちゃんは、背《せ》なかをまるめたまま、仏壇《ぶつだん》のまえにすわっている。

作太はひとことも口をきかず、くらやみのなかで、じっと久四郎の家を見つめている。

雨がしとしとふっている。あたしの目に、あのどろにまみれた梅《うめ》の花びらが浮《う》かんでは消えていく。

久四郎は、狂《くる》ったまま、つぎの日に息をひきとった。

五月十四日、久四郎は村の墓地《ぼち》にほうむられた。

むーっと生あたたかい風が吹《ふ》いていたかと思うと、やっぱり、雨粒《あまつぶ》が落ちてきた。

作太は、墓《はか》のまえにつったって、笛《ふえ》を吹く。かなしみが、いかりが、笛の音になって、ヒュルヒュル、ヒュルヒュル、すすり泣くように空にのぼっていく。

シズも泣いている。ほそい肩をふるわせてしゃくりあげている。

あたしたちは手をとりあった。いくらこらえようとしても、なみだはあふれ、あふれてながれおちた。

作太は笛を吹きつづける。

黒雲の中をいなずまがつきぬけていく。

金色のせん光。

雷《かみなり》が鳴る。

笛の音は、雷鳴《らいめい》のあいだをくぐりぬけ、はるか遠くへ行ってしまった久四郎を追っかけていくようだった。

佐吉《さきち》も政《まさ》も、サトもじーっとうなだれていた。

「死んだら、どこに行くとやろう」

佐吉がぽつんといった。

「極楽《ごくらく》にきまっとう。そこでさきに死んだ人たちと会えるったい」

サトはいった。サトがいつもおぶっていたあかちゃんも亡《な》くなっていた。

「極楽《ごくらく》にはおいしか菓子《かし》があるって、かあちゃんがいいよった。久四郎《きゅうしろう》さんはもう食べようかいな。オレも、食べてみたか」

政《まさ》がいった。

「政、そいでも死んだらいかん。よう、覚《おぼ》えとき、残されたもんがどげん悲しかか」

サトはシズのほうをちらりと見た。

「ミッちゃーん」

たまりかねたように、シズがあたしの胸《むね》に、顔をうずめてきた。

風がザザッと吹《ふ》きつけて、シズのかぶっているすげのかさがふっとんだ。

「うち、久《きゅう》さんのおよめさんになるって約束《やくそく》しとったと。指きりげんまんしたとよ」

シズは声をつまらせた。

「シズちゃん、しっかりして」

あたしとシズはだきあってまた泣《な》いた。なみだと雨と鼻水で、シズの顔はびちょびちょにぬれていた。あたしはシズの顔にはりついている髪《かみ》の毛を、そっと手でとった。

久四郎の父は、かろうじて立っていたのかもしれない。目ははれあがり、雨にかき消されそうな声で口をもごもごとさせ、みんなに頭をさげた。

あたしたち子どもは、それぞれに棒《ぼう》を持った大人《おとな》たちにかこまれるようにして家に帰りついた。

雷《かみなり》の音は一日中、バリバリバリバリバリ鳴りひびく。

このあと、あの黒犬のような犬が村にふえていった。犬は群《む》れになって、人や家畜《かちく》をおそった。人も牛も、そんな犬にかまれると、高い熱《ねつ》を出し、あばれもがきながら死んでいく。それは、狂犬病《きょうけんびょう》という、おそろしい病気だった。長雨が、こんな病気をはやらせてしまったのだ。

あたしたちはぴたっと戸をしめ、ひっそりと家のなかにとじこもっていた。

ママ、もっと食べたい

五月もおわりのころ、ようやく灰色《はい》の雲が去り、ぐんぐん、空は晴れわたった。まぶしい、きらめきだ。からだじゅうに、太陽のぬくもりが伝わってくる。

ばあちゃんは太陽に向かって、パンパンと手をあわせた。

「おまえたちも、おてんとうさまに、よーと、お礼ばいいんしゃい」

あたしも作太《さくた》も並《なら》んで手をあわせる。

村の人たちみんなで、田植《たう》えがはじまった。

あたしたち子どもは、苗代《なわしろ》という稲《いね》の苗《なえ》を育てた田んぼから、水田のあちこちに苗を運んでいく役目だ。

「ミッちゃん、よかね、行くばい」

シズにいわれて、あたしはあわてて苗をいれたザルの片方《かたほう》を持ちあげる。

おまかせねと、もう一方の手でシズにV《ブイ》サイン。シズのふしぎそうな顔ったら……。

「これは、未来《みらい》でのおまじない。シズちゃんもやってみたら。いろんなこと、うまくいくのよ」

「へえー、これでよかと」

シズが二本の指をつきだした。

「それじゃあ、じゃんけんぽんのチョキじゃない」

「ばってん……」

「ほら、手をもっと上にあげて、それから、首をかしげてにっこりするの」

田んぼには、赤いひもで目印《めじるし》をつけた綱《つな》がはられていた。水田にはたっぷりと水が入っている。

田んぼのあちこちに、あたしたちは、苗《なえ》の束《たば》を置《お》いていく。佐吉《さきち》は政《まさ》と組んでいる。

「わーい、追いこしたばい」

佐吉が、通りぬけながらさけぶ。

「負けるもんね」

シズはゾーリをぬいではだしになった。

あたしたちは、抜《ぬ》きかえしながら、

「やーい」と、V《ブイ》サインをする。

「なーん、それ」

政《まさ》がきょとんとした声をあげて佐吉《さきち》と追いかけてきた。

「ふふ、おまじない、おまじない。ねっ」

あたしとシズはわらいながら、走った。

ハアハアいいながら、なんども苗代《なわしろ》と田んぼを往復した。

「おいちゃん、ここにおいとってよかね」

シズが田んぼのまん中ほどでせっせと苗《なえ》を植えている佐吉の父に声をかけた。

「おっ、よかよか。シズもミツもがんばりよるね」

佐吉の父はちらっとこっちを見て、手を休めずにこたえた。

「とうちゃーん、これば植えて……、オレたちが運んできた苗やけん、豊作《ほうさく》まちがいなしたい」

佐吉と政がころがるようにかけこんできて、あたしたちをおしのけた。

「よう、わかった。日当たりのよかとこに植えちゃあたい。佐吉の苗は、豊作《ほうさく》、豊作」

佐吉の父は、どなった。

「そーしたら、おにぎり作ってなー」

佐吉も赤くほてったほおをしてどなり返した。

手前にいた佐吉の母が腰《こし》をかがめたまま、ひょいと顔をあげていった。

「ああ、おまえの顔ぐらいあるとば、こしらえちゃー」

「うへー、顔ぐらいげな、でっかかおにぎりたい」

佐吉と政は、こおどりしながらかけていった。この日、佐吉も政も、「腹《はら》へった」と、ひとことも口にださなかった。

作太《さくた》やサトは、おとなたちにまじって田植えをしている。膝《ひざ》から下はどろ水につかってがんばっていた。束《たば》から五本ずつくらいの苗《なえ》をとると、赤い目印《めじるし》にそって植えていく。すくすくとのびた苗が、たて、横、きれいに並《なら》んでいく。

「ほれ、作太、もっと間をおいて植えにゃ、曲がっていきよう」

ばあちゃんは見ちがえるようなはりきり方だ。

つらかことは忘《わす》れていかにゃ、生きていけん。ばあちゃんは、そういった。

でも、久四郎《きゅうしろう》のこと、忘れられるはずがない。思い出すと心のおくがずきずき痛《いた》むから、だれも、忘れたふりをしている。そう、生きていくために……。

青みどりの苗が、田んぼ一面にそよぐ夕暮《ゆうぐ》れ。青い風のにおい、久四郎にもこの風のにおいを送ろう。

「ほーれ、夏を運んでくるお客さんが来たばい」

ばあちゃんは、とんとん、こぶしで腰《こし》をたたきながら空を見あげた。

ツバメが、白いおなかを見せて飛んでいく。くちばしに小枝《こえだ》のようなものをくわえていた。

「巣《す》を作るとやねぇ。また、うちののき先にも、ヒナがうまれるばい。チイチイ鳴いて」

作太《さくた》の声がはずんでいる。あたしたちはツバメに向かって、大きく手をふった。シズも佐吉《さきち》も政《まさ》も両方の手でおぼえたてのV《ブイ》サインをおくった。


しかし、晴れたのは、たった二日だけ。六月に入ると雨はめちゃめちゃふりつづいた。田んぼは一面、どろの海だ。こんなすごい雨をあたしははじめて目の前で見た。

ごうごうと、田んぼのうねをおしくずし、ながされる苗《なえ》も出てきた。

枯《か》れ枝《えだ》やワラで、せっせとのき先に巣を作っていたツバメが卵《たまご》をうんだ。

「ねえねえ、作《さく》にいさん、いくつうんでるんだろ」

「しー、大声をあげると、ツバメがびっくりするやろ」

「うん、いつ、ヒナにかえるのかな」

ツバメのつがいは交代で卵をあたためている。雨の中を一羽《わ》がもどってくると、もう一羽が飛びたった。あたしは一日に何度もそっと巣を見あげた。

それなのに十日たって、とつぜん、二羽のツバメが一度に消えた。ツバメの姿《すがた》を求めて、あたしはまいにち、遠い空に目をこらした。ツバメだけじゃない、鳥の鳴き声ひとつしなかった。

「ミツ、あきらめろ。もう一週間もたつ。親ツバメは卵を見捨《みす》てたったい」

「ううん、そんなはずない。きっと帰ってくる」

「ここじゃ、えさがとれん。よそへ行ってしもうた」

作太《さくた》はそっけなくいうと、はしごをかけた。

「ばあちゃんに卵ば食べさせよう」

「待ってよ、もう一日だけ待って」

あたしははしごの前に立ちはだかった。

「どけ」

作太はあらあらしくあたしをおしのけた。

「バカー、なんでよ。ツバメも久四郎《きゅうしろう》さんのおじさんも、自分の子どもを捨《す》てるなんて、バカバカ」

あたしはかなきり声をあげて、はしごをゆすった。

「ミツっ、やめろ」

作太がさけんだ。

「なん、さわぎようとね」

ばあちゃんが家の中からよろよろしながら出てきた。

「あぶなか、ミツ。やめんしゃい」

ばあちゃんはしっかりとあたしの手をおさえた。ばあちゃんのどこにこんな力があったのだろう。このごろ、ばあちゃんはきゅうにおとろえてきて、目も見えにくそうにしていた。

作太は巣《す》の中から小さな卵《たまご》を五個《こ》とりだしてきた。

「親ツバメだけでも、どっかで生きのびてくれりゃ、それでよか、なあ、ミツ」

作太はあたしの手のひらに卵を一個のせてくれた。

「まだ、こんなにあったかいのに」

消えた命のぬくもりって、どういうことなんだろう。

「ばあちゃん、これ食べたら、元気になるばい」

作太がさしだすのを、ばあちゃんは受けとらなかった。

「ばあちゃんは年よりだし、ちっとも腹《はら》がすかん。おまえたちが食べろ」

作太がおわんにわってみると、くさったにおいがした。

「もったいないことをした。もっとはようとりだしゃあよかった」

作太が捨《す》てようとすると、ばあちゃんが大きな声をあげた。

「捨てるぐらいなら、ばあちゃんが食べる」

「ばってん、腹《はら》こわすばい」

ばあちゃんは、いきなり、作太《さくた》の手から、おわんをひったくり、口に運んだ。

「あーっ」

あたしは思わず顔をそむけた。

「ツバメさんの命をむだにしちゃいかん」

そういって、ばあちゃんは着物のそでで口をぬぐった。

家のなかに、食べるものは、もう、ほとんどなかった。

だれもが、不安でたまらない日々だった。


ある夜中、あたしはおなかがすいて、半分はねているような、半分は目覚《めざ》めているような、頭の中がゆらゆら、波のようにゆれていた。その波の向こうから、あまったるいママの声がきこえてくる。

「美紀《みき》ちゃん、いらっしゃい、ママのところへ。こっちの方がいいでしょ」

さそわれるように、あたしのからだが、ふわふわ浮《う》きあがる。

ママのところへ帰れる。あたしは、ほっとしていた。

もう、ここはいや。食べるものはないし、こわいことばかり。

「ママ、ママ」

「おかえり、美紀《みき》ちゃん」

なんでもないように、ママは、白いうでであたしをだきしめる。ラベンダーのかおり、ママのかおり。

ママは、いつも、すぐにあたしをこうやってだきしめる。いつから、それがいやになったのだろう。

「あたしは、もう、小さな子どもじゃないのよ」

そのたびに、ママはわらって、あたしの口にひとさし指をおく。

だけど、このときのあたしは、抗議《こうぎ》するひまもない。おいしそうなにおい。

あたしは乱暴《らんぼう》にママをつきとばし、テーブルに走った。

テーブルの上には、山盛《やまも》りのごちそう。

フライドチキンをがつがつ、コーンスープをのどにながしこみ、フルーツサラダを口いっぱいほおばった。

「あらあら、美紀ちゃんったら」

と、あきれたようにいいながら、ママは腰《こし》に手をあて、ごきげんスタイル。

あたしはもぐもぐ、口を動かしながら、ママにせがんだ。

「ママ、もっと、なにか食べたい」

「そうね、じゃあ、これは」

ほかほか湯気《ゆげ》のでているポーズ、エビフライ、焼《や》きおにぎりにサンドイッチ。

早く、はやく食べなくちゃ、食べものが消えてしまったら、たいへんだ。

「さあ、ミツ、食べなさい、食べなさい」

美紀《みき》がミツにいう。

ジュースの入ったコップをつかみながら、あたしの手はふるえた。コップのなかであざやかなオレンジの波がうねる。

なぜ、ここでは、こんなに、次からつぎに、食べものがでてくると？

ミツが美紀にきく。

あたしの中で、ミツと美紀がごちゃごちゃになっていた。

「はい、おつぎはデザート、美紀ちゃんのすきなブルーベリーのムース、チョコパフェ。それとも、ショートケーキ？　メロンにパインはいかがです」

あたしは、はっと気づいた。むらさき色のひらひらエプロンをしたママが、うすらわらいを浮《う》かべている。ちょっとねじれた、くちびる。得意《とくい》そうな顔。

ほらほら、美紀ちゃん、あなたは、ママのもの。もう、どこにも行けないわ。

ちがうわ、あたしには、あの人たちのところへ帰らなくちゃ。あの人たちに、食べものを持っていかなくちゃ。

あたしは、紙袋《かみぶくろ》の中に、せっせとパンをつめこんだ。

「ママ、またね」

ママが、顔色をかえる。

あたしは、ママの横をすりぬけ、玄関《げんかん》に走る。

「美紀《みき》ちゃん、きっと、もどってくるわ。ほら、ここには、こんなにおいしいものがいっぱいなの」

あたしは、その声をふりきるようにドアをばたんとしめた。

ラベンダーのかおりが消えていく。


朝、あたしは、うすっぺらなふとんの中で目をさます。がばっとはね起きた。

パン、パンは？

ない、いくらふとんをめくっても、パンはどこにもない。

「なんばさがしようとね、ミツ」

ばあちゃんが、やせたしわだらけの手をのばしてきた。あたしは、ばあちゃんの胸《むね》にとびこんだ。

「あのふわふわパン、ばあちゃんと作《さく》にいさんに食べさせたかったの。中にカスタードがはいっていて、すごくあまいの。シズちゃんだって、大喜《おおよろこ》びしたはずなのに……」

「よしよし」

ばあちゃんはなんどもあたしの頭をなでた。

ママのところへ行ったのは、夢《ゆめ》だったのかしら。だけど、ふしぎなことに、このとき、あたしはおなかがいっぱいだった。

そして、ママのいうとおり、何日かして、おなかがすいてくると、夢のなかで「美紀《みき》ちゃん、美紀ちゃん」と、ママの声がきこえてくるようになった。

ママ、あたしを食べもので、つらないで！

ママは、ひきょうだわ！

だけど、あの食べものの山にさからうことはできない。ママのところに行っては、おなかをふくらませてもどってきた。

そんなとき、作太《さくた》やばあちゃんの顔を、まともに見ることができなかった。

ひきょうものは、あたしなんだ！

ササの花が咲《さ》いた

六月も下旬《げじゅん》、この日、朝からむうっとする暑さだった。一日のはじまりだというのに、だるくて、じっとしていても、たらたらと汗《あせ》がながれた。

ばあちゃんは起きあがることができなかった。一度目をしょぼしょぼさせながら、頭をもたげたが、すぐにまた、目をとじた。枯《か》れ葉のような顔色をしていた。

川の水がにごっているので、あたしはまいにち佐吉《さきち》の家の井戸水《いどみず》をもらいにいく。綱《つな》をつけた桶《おけ》をまるい深い井戸の中に下ろし、水をすくうと、綱《つな》をたぐりよせて桶《おけ》を引きあげるのだ。

「あの、お水もらいにきました。佐吉ちゃんの具合《ぐあい》はどうですか」

あたしは縁側《えんがわ》にいた佐吉のおかあさんに声をかけた。佐吉が病気だとシズにきいていた。おくのへやはひっそりしている。

「ああ、ミッちゃんね。いちいちことわらんでも水くらいくんでいってよかとよ。佐吉は、あんまりあんばいがようなか」

村の人たちは、あたしに親切だけど、それでも、いつもさぐるような目をなげかけてくる。

「ミッちゃんは、元気そうやね」

あたしはなんとこたえていいかわからずに、お礼をいって水をくんできた。

「ばあちゃーん、ほらつめたい水よ、おいしいよ」

あたしはくみたての水をおわんにいれ、ばあちゃんのまくらもとに置《お》いた。

「ああ、ああ」

ばあちゃんは、ものをいうのもつらそうだった。

きょうは、なにか食べる物あったかしら。近くの雑草《ざっそう》はほとんどとりつくされていた。

「よし、山に行って山菜《さんさい》ばさがそう」

そんな作太《さくた》に、あたしはつっかかるようにいった。

「どうせ、たいしたものはないんでしょ。動いたらそれだけ、おなかがすくもの」

それより、夢《ゆめ》でママが呼《よ》んでくれてもいいころだ。あたしは、すっかりママをあてにしていた。美紀《みき》にもどる日を心まちにしていたのだ。

しぶしぶ作太の後《あと》をついていきながら、作太の背《せ》なかが、はじめておぶってもらったときよりも、ずっと小さくなっているのに気がついた。ひょろょろと細い二本の足はいまにも折れそうだ。

「ミツ」

作太がふりむいた。

「きつかなら、むりして来んでもよか」

おこっているのじゃなかった。作太は笑顔《えがお》でいっていた。こんなにやさしい笑顔をされたら、わがままがいえない。

「ううん、やっぱり、作にいさんと行く」

あたしはいそいで、作太と並《なら》んだ。

「まってー」と、シズが追いかけてきた。

「山には、山の神さまがいて、自然《しぜん》の恵《めぐ》みをわけてくれるとよね」

シズも、おなかと背《せ》なかがくっつきそうなくらい、やせ細っている。山道をハアハアいいながら、歩いている。

少しのぼったところで、サトと政《まさ》が、青い顔して、つったっていた。あたしたちを見ても、ぼうっとして、なにもいわない。

「どうしたとね、サト」

近づいていく作太に、ようやく、サトが口をひらいた。

「花、ササに花が咲《さ》いとう」

山道の両がわ、おおいかさなるようなササに、クリーム色の小さな花がびっしりと稲穂《いなほ》のようについている。

「これが、ササの花なの。はじめて見たわ」

あたしは手にとった。横で作太《さくた》がごくんとつばをのみこんだ。

シズはへなへなとすわりこんだ。

「みんな、どうしたの？　そんな顔して」

だれも、あたしのいうことなんかきいていなかった。

「ササに、花が咲いたときゃあ、飢饉《ききん》になるって、ほんとな？」

政《まさ》が、作太につめよるようにきいた。

「そ、そげなこと、きいたことある。昔からの言い伝《つた》えで。ササは、めったに花が咲かん。咲いた花は実になる。この実は、飢饉《ききん》のときのだいじな食べ物。自然《しぜん》のおくりものばい。オレもこげん咲いとうのは、はじめて見た。おおごとになるまえぶれやろうか」

作太の声も、かすれていた。

「あそこにも、咲いとうよ、ほら、あそこにも」

サトのおびえたような声。その指先がふるえていた。

「どげんなるとやろう。佐吉《さきち》ちゃんも、青い顔して、おなかばっかし、ふくれとう。みーんな、飢《う》え死にしていくとやろうか」

政《まさ》の顔は、いまにも泣《な》きそうだった。

みんなは、ぺたりとすわりこんだまま、うつむいてだまりこんだ。

「飢饉《ききん》、飢饉《ききん》って、いったい、どういうこと？」

あたしは、みんなの顔を見まわした。

「あんたは、おなかすかんとね。作太しゃんのうちは、食べる物あるとね」

あたしは首をふった。

「ない、なにもないわ。でも、どこかに食べ物売ってるはずよ」

サトは口元をぐいとむすんで、あたし

を見すかすようにした。

「ミッちゃん、あんたがてんぐさんの子になったとなら、空飛んでいって、食べ物を持ってきぃ。そして、佐吉《さきち》や政《まさ》や、シズちゃんに、みんなにわけてやり。自分だけで食べんでね」

「あたし……」

あたしは、ひとりでママのところへ行ってた。あたしひとりがおなかいっぱい食べてた。

「サト、なんべんもいうばってん、ミツはオレの妹ばい。いつまでも意地悪《いじわる》ばいうサトは、オレはすかん」

作太《さくた》がきっぱりといった。

「ミツだってみんなとおなじごと、腹《はら》ばすかせとう」

「おなじごとねー。この子ば見よったら、なんか、おかしかとよ。ようわからんばってん」

サトはつぶやいた。

「でも、もう、よか。うちもいいすぎたかもしれん。それに、うち、……作太しゃんにはきらわれとうなか」

サトの瞳《ひとみ》のおくがきらきらひかった。

じりっじりっ、太陽が炎《ほのお》のようにてりつける。政が、まえかがみになって、地面に頭をこすりつけた。

「あー、ひもじかー。こげんひもじかなら死んだほうがよか」

「あきらめたらいかん」

サトが、がばっと顔をあげた。

「ねっ、そうやろ」と、作太をのぞきこむ。

作太は、サトと目をあわせた。

ふたりは、じーっと見つめあっていたが、作太が、腰《こし》にさげていた笛《ふえ》をとりだした。笛にくちびるをあてるまえに、作太は、政の肩《かた》に手をおいて、にこっとわらいかけた。

「こーとしゃ、ほうさく、よか秋《あき》びより」

「よか秋びより」

政が、ためらいがちに小さく声をあわせた。

「よかよか、その調子《ちょうし》たい」

作太は、はずみをつけて吹《ふ》きはじめた。

　　ピーヒャラ、ピッピー
　　ピーヒャラ、ピッピー

笛《ふえ》の音は、ササの葉をふるわせる。クリーム色の小花がゆれる。

あの日は久四郎《きゅうしろう》がいて、佐吉《さきち》がいて、おおぜいの子どもたちが、おどりまわっていたんだ。

いまは、たったの五人。それでも、作太《さくた》は笛《ふえ》を吹く。おどけた音色《ねいろ》、陽気《ようき》に楽しく、豊作《ほうさく》の歌をかなでる。

ピーヒャラ、ピッピー

ピーヒャラ、ピッピー

政《まさ》は、小さな手でたいこをたたくまねをする。あたしとシズは、ダンスでもするみたいに、うでを組む。

「まって、ミッちゃん、ノビルがあるよ」

シズがニラによくにた野草《やそう》を引っこぬいた。どろだらけの根っこは、つんと強くにおう。シズは鼻を近づける。

「ふーん、よかにおい。おひたしにしたらおいしかよね。あー、たまらん」

シズは、根っこをかじった。

「これはね、精《せい》がつくとよ。佐吉《さきち》ちゃんにも食べさせてやろう」

「あんたたちー、はよう来んね、クズたい、クズがあったとよー」

笛にあわせて歌いながら、先を歩いていたサトが、よろこびをかくしきれないようすで、声をはりあげた。

「作太さんの笛が、クズを見つけてくれたとよ」

「すごかー、それ、行けー」

「わーい」

あたしたちは走った。

光の中にあふれんばかりに、こんもりしげったクズの葉。つるがはうようにあちこちにのびている。

作太と政が、さっそく、小さなクワで、両がわからほっていった。ふたりとも、ときどき、よろけた。おなかがすいて、思うように力が出ないみたいだ。

「がんばりぃね」

サトは、歯をくいしばって、両手でひっしにどろをかきわける。あたしもシズも、少しでもと、どろをかきわけるのを手伝った。

ひとかかえもあるクズの根をほりだしたときは、みんな、汗《あせ》びっしょり。手足も顔もどろだらけだ。作太も政も、あらい息をしながら、へたりこんだ。

ほんの少し、風がそよいできた。

みんなで四つにわけていると、

「佐吉ちゃんのぶんもたい」

と、サトがきびしい声を出した。

「クズの根をすってやりゃあ、病人でも食べれるたい」

「サト、ほんとによかとか、サトのうちは、子どもが多かとに」

作太《さくた》にいわれて、サトはなんでもないようにこたえた。

「下のふたりは死んだ。佐吉《さきち》ちゃんみたいに、おなかふくらんでしもうて」

作太が、サトから目をそらした。

「オレ、知らんやったけん」

「よかよか、いま、生きとうもんが、だいじか」

サトは、ばあちゃんみたいなことをいった。

サトは、クズの根や葉を、せっせとしょいかごにいれると、よいしょと肩《かた》にせおった。

「うち、用があるけん、先に帰る」

シズがサトのかごに、そっとノビルを入れこんだ。

「ありがとう、シズちゃん」

サトはそれきりだまって、足のつま先でぽんぽん土をけっていたが、

「じゃあ、みんな、さいなら」と、ふるえるような声でいった。

「さいなら、またな」

「このつぎも、いっしょに来ようね」

作太とシズのことばに、サトはこたえなかった。くるりと背《せ》をむけると、山道をおりていく。一度もふりかえらなかった。

「さっきなあ、サトちゃん、どっかへ行くかもしれんっていいよった」

政《まさ》がぼさっとした顔でつぶやいた。

「どっかって」と、作太。

政は、心細そうに首をふった。

「よう、わからん。遠いとこっていうてた。サトちゃん、米、もらえるんやって。それから、きれいな着物もきせてもらえるって。オレも行きたいっていうたら、あんたは男やから、だめたいっていいよった」

「バカたれ、そげんとこ、サトは行ったらいかん」

作太はサトの後《あと》を追いかけようとした。が、よろっとつまずいて、山道にはいつくばった。

「サトー」

作太の声が、山の中をこだました。

ミツ、生きろ

村へもどると、たいへんなことになっていた。

「虫たい、虫がわいとう」

「稲《いね》にびっしり、虫が吸《す》いついとう」

あっちの田んぼでも、こっちの田んぼでも、狂《くる》ったようにさけびながら、人が走りまわっている。

作太《さくた》の顔色がかわった。

「こりゃあ、ただごとじゃなか。ミツ、行くぞ」

シズも政《まさ》もばらばらになって、一目散《いちもくさん》に自分のうちの田んぼに走っていった。

「ああ、うちは無事《ぶじ》やった」

作太の声をきいたとたん、あたしはぺたんとすわりこんでしまった。

となりの田んぼでは、朝、家をでるとき青あおしていた稲《いね》がたおれて、すっかり赤茶けていた。

ほかのところを見まわりにいった作太が、青い顔をして、よろよろしながらもどってきた。いまにもたおれそうだ。

「めい虫《ちゅう》たい。稲の茎《くき》の中から食いあらしていく、おそろしか虫ばい」

作太は、頭をかかえこんだ。

「すぐに、うちもやられるばい。どうすりゃよかとやろ、どうすりゃ」

じめじめした、むし暑い日がつづいた。一日、一日、虫は村全体に、たいへんないきおいでふえていく。

土のなかに巣《す》を作った虫たちは、成長して巣からぬけでた。いろんな虫が発生した。根を食べる虫、葉を食べる虫、茎《くき》を食べる虫。

虫たちは、稲の根から葉まで、びっしりとよだれがついたように群《むら》がっている。稲は一晩《ひとばん》で食いあらされ、ずたずたになっていた。

まいにち、虫退治《たいじ》だ。

「払《はら》い落とせー」

「こんちくしょう」

村中の人たちは、年よりから子どもまで、みんな、ササぼうきをふりまわし、稲《いね》につく虫をたたき落とした。

あたしもほうきをふりまわした。顔、手、足、首すじと、べったりとはりついてくる虫たち。

「うわー、目にまで入りこんでくる」

あたしは悲鳴《ひめい》をあげた。目をおさえていると、だれかがどんとぶつかってきた。

「ぼやぼやするな」

上半身《じょうはんしん》はだかのその男の人はすぐにほうきをふりまわして、走っていった。

「こっちは根切り虫にやられとう」

「巣《す》を焼《や》き払《はら》えー」

田んぼのひとすみで、火の手があがった。照《て》りつける太陽。こんもりとした山のような入道《にゅうどう》雲《ぐも》がそそりたつ空。炎《ほのお》はぎらぎらした、夏の空にのぼっていく。

だれの顔かわからないくらい、みんな、すすけていた。

「ミッちゃん、顔から血がでよう」

シズが近よってきた。

あたしは顔をさわってみた。

「ほんとだ。夢中《むちゅう》になってたから、わからんかったわ」

「おいで」

シズは、小川のほとりにあたしを連《つ》れていって、川の水であたしの顔をぬぐってくれた。

「よかった、たいしたことなかよ」

夕方になると、チィンチィンドンドン、かねやたいこの音がひびきわたった。

「虫送りに行くばい」

作太《さくた》はあたしを連《つ》れて走った。からだはくたくたにつかれていた。

村の人たちが、火をともしたたいまつをかかげ、かねやたいこをならしながら、田んぼのまわりをぐるぐるまわっている。先頭で高く火をつけたたいまつをかかげているのは、佐吉《さきち》の父親だ。

「おいちゃん、オレにも」

作太もすぐにたいまつをわけてもらい、高くかかげた。

「あたしも」

あたしは手をだした。

「よってこい、よってこい」

「よってこい、よってこい」

たいまつの火に引きよせられて後《あと》から後《あと》から虫がよってくる。虫は、そのまま川原《かわら》で焼《や》かれて死んだ。

七月に入ると、そんなともし火だけでは、虫のいきおいをふせげなかった。

村の人たちは、ぼうぜんと燃《も》える火を見つめた。

「ねえ、作にいさん、どうして、お薬まかないの」

「薬って?」

「農薬《のうやく》よ。キャベツだって、イチゴだって、みんな、虫を殺《ころ》すために薬を使ってるのよ」

虫を退治《たいじ》しなくちゃ! あたしたちが虫に殺される。飢《う》え死にするの。

ここでは、もう、食べるものがない。

みんな、つかれて、ボロボロになって……

美紀《みき》、どうにかして!

あたしは美紀に問いかける。

だけど、ママは無農薬《むのうやく》の野菜《やさい》がいいっていってた。農薬はからだによく

ないっていってた。

へんよね。美紀のところでは、農薬を使いすぎて、大地が汚染《おせん》されていくのよね。食べものがありすぎて、食べ過《す》ぎて病気になっていくのよね。

わからない！

あたしにはわからない！

まっ黒になった稲《いね》の株《かぶ》が、どろどろと浮《う》いている。

「クジラの油がやっと手にはいったばい」

庄屋《しょうや》さんが持ってきたクジラの油を、村の人は田んぼに入れだした。

「庄屋さん、クジラの油は虫ば殺《ころ》すばってん、これっぽちじゃどげんもならん、もうちょっと、手に入りまっせんかの」

佐吉《さきち》の父がいった。

庄屋さんは首をふった。

「どっこの村も、ほしがってて、値段《ねだん》がつりあがって、これでせいいっぱいたい」

「いやあ、どげん、クジラの油があったって、もう、まにあわん」

政《まさ》の父が頭をかかえた。

稲《いね》の株《かぶ》はどんどんくさっていく。

どろどろした田んぼの水が、川へながれだす。川底《かわぞこ》の小石が見えるほど、すきとおっていた小川の水は、赤黒く、しょうゆのような色をしていた。ヘドロのようないやなにおいがただよい、おなかを上にして死んだ魚が、何匹《なんびき》も、何匹も、ながれることもなく、浮《う》いていた。

稲は全滅《ぜんめつ》だった。ようやく、虫の姿《すがた》も消えた。

夏のおわりごろ、ばあちゃんは、水しか口にしなくなっていた。

カサカサと枯《か》れた小枝《こえだ》のような手をにぎりしめながら、あたしは、「ばあちゃん」と、呼《よ》びかけた。そのたびに、ばあちゃんはとじていた目をあけ、やわらかなまなざしをした。その目は、なにかをさがしているような……、宙《ちゅう》をさまよっていた。

「どうしたの、なにか欲《ほ》しいの」

「なーもいらん」

そうつぶやくと、

「赤トンボ、さがしようと。ことしゃあ、まーだ見とらんもんね」

さいごの、ことばだった。ばあちゃんはねむるように、息をひきとった。

「ばあちゃーん」

あたしはばあちゃんのからだをゆすった。

「死んじゃいやー」

「ミツ、これ」

泣《な》きじゃくるあたしに、作太《さくた》がしずかに手わたした。

「なーに、これ」

「大豆《だいず》が一袋《ひとふくろ》あった。ばあちゃんがおれたちのために残《のこ》してくれとった。ゆうべ、しきりにへやのすみを指さしよった。あのかあちゃんのきものに包みこんであった」

「食べるものあったんじゃない。ばあちゃんったら、これ食べてたら死ななくてすんだかもしれない。ううん、いつだって、自分は食べないであたしたちにわけてくれた。あたし、それがわかってて、ばあちゃんの分まで食べてた。ごめんなさい。あたし、あたし」

言葉がのどにつまった。あたしはうつむいた。なみだがぽたぽたとばあちゃんのからだの上に落ちた。

「あたし、久四郎《きゅうしろう》さんのおじさんや、あのときのツバメとおなじことをしてたんだわ」

「ミツ、それがわかったんなら、生きろ」

耳元に作太の声がひびいた。

久四郎の母も亡《な》くなった。佐吉《さきち》も、もう、この世にいない。

人が、どんどんいなくなる。
作太《さくた》は、赤トンボのいない年は、稲《いね》は不作になるといった。
「トンボはな、幼虫《ようちゅう》のときに、稲につく害虫《がいちゅう》ば食べるとたい」
ツバメにも、トンボにも見捨《みす》てられた夏。
灰《はい》色の雲が動かなかった。
空気は、もうひんやりして、寒ざむとした夏のおわりだった。

一袋《ひとふくろ》の米

久四郎《きゅうしろう》の父は、衣類《いるい》となべを背《せ》なかにくくりつけ、からだを半分におり曲げるようにしていた。

「博多《はかた》の町へ行きゃあ、これと引きかえに、なんかもらえるかもしれん。作太《さくた》もミツもいっしょに行こう。ここにおっても、飢《う》え死にするだけたい」

作太は首をふった。

「オレは残《のこ》る。父ちゃんと行きちがいになったらいかん。ここで父ちゃんを待つ」

「そうか、もし吉造《よしぞう》さんにであえたら、そげん伝《つた》えとく。おミツも元気でな」

あたしの頭をなでて、久四郎の父は去った。

ほかの人たちも、少しずつ村を出ていく。村にいても、生きていくことができないのだ。

サトは色あせた赤い帯《おび》をして、男の人に連《つ》れていかれた。米二升《にしょう》と引きかえに、どこかへ売られていった。

そのことをきいても、作太《さくた》は、もう、なにもいわなかった。

あたしと作太は、毎日、山へ行き、木の葉を取り、木の皮をはいだ。作太はそれに、壁《かべ》の土をどろどろにしてまぜた。

あたしが食べれずに、じっと見ていると、作太はしかった。

「ミツ、食べろ。食べにゃ生きのこれん。十一月になりゃあ、麦の種《たね》まいて、ほら、また、キュッキュッと麦ふみして、麦がとれりゃあ、そのつぎは田植えをして、ミツ、来年は白いめしを腹《はら》いっぱい食べさしちゃあ。

なー、この土地見捨《みす》てて、よそにはいけん。土がありゃあ、作物は実る。ツバメもまた、もどってくるばい」


夢《ゆめ》で久《ひさ》しぶりに、ママがあたしを呼《よ》びよせていた。

オーストリアからパパが帰っている。

「そーら、これがチロルのブラウスとスカートだ。これは、モーツアルトのチョコレート。ママには、ネックレス」

パパは手品師《てじなし》のように、次つぎに旅行カバンの中から、おみやげをとりだす。

あたしは、そでのふくらんだブラウスをきて、きれいなししゅうのはいったスカートをはいた。

さすが、パパ、ぴったり。

チロルむすめになったあたしが、かがみのまえに立っている。

白い手で、髪《かみ》にリボンをむすんでくれるママ。ラベンダーのかおり。

「美紀《みき》ちゃん、こんどのピアノの発表会、その服がいいんじゃない」

耳元でママの声がはずむ。かがみの中で、ママが首をかしげてほほえんだ。そのほっそりした白い首に、きらきら、パパのみやげの銀色のネックレスがきらめいている。

「ほう、また、発表会があるのか」

「そうよ、こんどの曲は、メンデルスゾーンの『春の歌』。高校生がひくような曲なの。すごいでしょ。美紀ちゃん、ちょっと、パパにきかせてごらんなさい」

「ママにいわせると、美紀は天才少女らしいからな。美紀、ウイーンに留学《りゅうがく》してもいいんだぞ」

ママの目がきらりとひかる。ママは自分の人生を、あたしにかけている。

あたしはピアノのまえにすわった。両手をけんばんの上において……。

あたしの指が動く。機械《きかい》のように、正確《せいかく》に。

きっとママは、ほこらしそうにあたしを見つめているんだ。

あたしはママの身がわり。ピアニストは、ママの夢《ゆめ》。

右の指も左の指も3連符《れんぷ》の連続《れんぞく》だ。クレッシェンドでだんだん強く、はなやかにペダルをふんで……。ひびきわたる音。

あたしの指は絶好調《ぜっこうちょう》。そのとき、あたしの中で、ばーんとなにか、はじける音がした。あたしの両手がとつぜん止まる。

あたしは目をつむる。頭をたれる。

作太《さくた》のあのすんだ笛《ふえ》の音色《ねいろ》が、少しずつ近づいてくる。

作太さーん！

「どうしたの、美紀《みき》ちゃん。忘《わす》れたんだったら、楽譜《がくふ》みてもいいのよ」

ママが楽譜《がくふ》をさしだした。

じゃけんに、それをふりはらう。パラリと楽譜《がくふ》はピンクのじゅうたんの上に落ちた。

あたしは立ちあがって、ゆっくりとチロルの服をぬいだ。

「あたしは、美紀じゃない」

パパとママの顔をしずかに見くらべる。

「おやおや、帰ってきたばかりのパパをおどかそうっていうのかい。それじゃあ、この目のまえにいるおじょうさんは、だれなんだい。この家は、パパの家じゃない、そういいたいのかい」

「あたしはミツ、作太《さくた》さんの妹なの」

「たまげたなー、ママ、これは圭一《けいいち》のシナリオなのかい、それともうちの娘《むすめ》も、甥《おい》っこのように脚本《きゃくほん》を書いているのかい」

あたしは、おどけたようにいうパパのことばをさえぎった。

「あたしの村は、めい虫《ちゅう》やこぬか虫《むし》が発生して、稲《いね》が全滅《ぜんめつ》したの。去年も大風が吹《ふ》いて、お米がとれなかった。それに、春から雨がずっとふりつづいて、麦もくさったし、野菜《やさい》もくさって、もう、なんにも食べるものがない。どんどん、人が死んでいく。やせて、がいこつのようになって」

ママはだまりこんで、ただ、きみわるそうにあたしを見ていた。

パパがいった。

「ちょい待てよ。そりゃあ、江戸《えど》時代、飢饉《ききん》の話じゃないのか」

ママがぎゅっとあたしをだきしめてきた。

「わかったわ、美紀ちゃん、江戸時代のお勉強してたら、おなかすいたのね。食べる物だったらいっぱいあるのよ。さあ、いらっしゃい」

「やめてよ、ママ」

あたしの声は、ぴりぴりとふるえた。

「ママ、あたしはあなたの分身《ぶんしん》じゃないわ。もう、食べものにもつられない。やっとわかったの。あたしのピアノが、なぜだめなのか。あたしは、いつもママのためにピアノをひいていた。あたしがピアノをすきかどうかは、問題じゃなかったのね」

「だって、美紀《みき》は、あんなにうまくひけるじゃない」

「ふっ、ママにはなんにもわからないのね。もうあたしのこと、ほっといてよね」

あたしはつめたくわらった。

「美紀、ママになんてことというんだ」

「パパは、いつかアフリカのことを話してくれたよね。ひどい旱《かん》ばつと、戦乱《せんらん》でたくさんの子どもたちが飢《う》え死にしていくって。運命《うんめい》だっていった。あたしはミツ。これも、運命なの、パパ。このチョコレート持っていくわ。作太《さくた》さんにあげるの。シズちゃんや政《まさ》ちゃんにも」

「美紀、持っていくって、おまえ、江戸《えど》時代に、どうやって……」

「さよなら、パパ、ママ、あたしは行かなきゃいけないの」


目をさますと、あたしの手はどろどろ、べとべとしていた。

チョコレートがとけたのだ。舌の先っぽでちょっとなめてみた。……土の味。あたしは壁《かべ》の土をにぎりしめてねむっていたらしい。

パパとママにわかれをつげてから、あたしはもう、夢《ゆめ》で美紀にもどることはなかった。どっと力が抜《ぬ》け出たみたいで、自分のからだがどんどん細くなっていくのに気がついた。シズとあそぶこともほとんどなくなっていた。

十月も終わりに近い夕暮《ゆうぐ》れだった。

家の戸口のところにすわりこんで、作太は笛《ふえ》を吹《ふ》きはじめた。あたしは、作太によりそって、じっと耳をかたむけていた。

作太はしずかに、しずかに吹いていた。

それは、そよ風のようにやさしくそよぎ、あたしの耳元をくすぐっていく。

どんなときも希望《きぼう》を捨《す》てちゃいけないのだと、ささやいた。生きることを、忘《わす》れちゃいけないのだとささやいた。

あたしは、ひたすら、笛の音色《ねいろ》にひたっていた。

このとき、やせ細った、ひとりの年よりが、木の棒《ぼう》にすがりつくようにして、よれよれと歩いてきた。

髪《かみ》もひげも、まっ白でぼさぼさにのび、腰《こし》はおれ曲がり、ほおはこけ、着物のそでは半分ちぎれてぼろぼろだった。

雲の切れ間から、燃《も》えるような赤色がさしこんできて、老人《ろうじん》の顔があかあかとうつしだされた。老人は手をかざして、空を見あげた。そのしゅんかん、作太《さくた》のからだが、けいれんをおこしたようにぴくりとした。作太は、笛《ふえ》を吹く手を止めた。

「とうちゃーん」

作太はさけびながら、かけていく。作太が老人に飛びついた。

ふたりはもつれるように地面にたおれこんだ。

「待っとった、待っとったばい」

そういうと、作太はおいおい泣《な》きだした。

「さ、作太、おまえの笛がきこえたばい。ずっと向こうまでひびいとった。おまえが呼《よ》んどると思うた」

老人の顔がくしゃくしゃにゆがんだ。

とうちゃん？　あたしはおそるおそる、そばへよっていった。

「ミツ……」

それきり、ことばにならないで、老人はあたしの手をにぎった。ごつごつしていた。

ほこりにまみれて、よごれて、八十歳《さい》くらいにみえるこの人が、とうちゃんだなんて……。

とうちゃんは、ごぼっごぼっとせきをしながら、ふところから、袋《ふくろ》をとりだした。

「おまえたちに、みやげたい」

作太は、中をのぞいて歓声《かんせい》をあげた。

「わぁーい、米や米！　とうちゃんが米もってきたばーい」

作太が泣《な》きわらいの顔をして、ぴょんぴょんはねた。

「博多《はかた》の町にゃ、まだ米があるとやね」

とうちゃんは、せわしく息をして、手をふった。

「あるとこにゃ、あるばってん」

とうちゃんは棒《ぼう》にすがって立ちあがろうとした、が、よろけてたおれた。

暮《く》れかかった空はすみれ色。星が一つ、二つ、ぼんやり浮《う》かんでいた。

あたしと作太はとうちゃんをだきかかえるようにして、家の中へ入れた。

「この米で、すぐ、かゆ作るけん」という作太に、とうちゃんは、いらないというふうに手をふった。

「おまえらに持ってきたったい。これは、ぬすんできた。生まれてはじめて、ぬすっとをした」

とうちゃんは、また、ごぼっごぼっとせきをした。せきをするたびに、あばら骨《ぼね》が動いて見える。

あたしは佐吉《さきち》のところから、水をくんできて、とうちゃんにさしだした。とうちゃんはごくごくのんだ。口から水がしたたった。

「ああ、うまかった、ひさしぶりたい、こげなうまか水は。ミツ、もういっぱい」

作太《さくた》が、枯《か》れ枝《えだ》ですばやくいろりに火をおこした。あったまってくると、とうちゃんの顔が少し生きかえったようだ。

「ばあちゃんは死んだ」

作太がいった。

「やっぱし……」

とうちゃんは、うなだれた。

「久四郎《きゅうしろう》も、久四郎のおばしゃんも、佐吉《さきち》も死んだ。村の小さな子どもは、ほとんど死んだ。しなびたようになって、息をせんようになって……。とうちゃん、なんで、はよう帰ってきてくれんやったと。いったい、なんばしよったと」

「すまんやった。おまえには、苦労《くろう》かけたとやろうな」

とうちゃんは、目をおさえた。

「なーも。ただ、オレは、どげんときでも、とうちゃんといっしょにおりたかった。とうちゃんがおるだけで心強《こころづよ》かあ。ミツだって、とうちゃんさがしに出て、迷子《まいご》になったりして、なあ」

あたしは、作太の背《せ》なかにかくれるようにしてうなずいた。とつぜん、とうちゃんだといわれても、どうしていいかわからない。

「博多《はかた》にいきゃあ、生きのびれるかもしれんっていうて、村の人たちは、出ていきよう」

「とんでもなか。博多《はかた》の町は、おそろしかことになっとるばい」

とうちゃんは、ぽつりぽつり、つらそうに、話しはじめた。

「どこもかしこも、物もらいばっかしたい。あちこちの村からながれてきとうもんが、道ばたに、ずらりとすわりこんどう。すわってると思うたら、死んどったりする。橋の上にたおれとうもんもおるし、川の水をのもうとして、そのまま、うずくまり、川にはまりこんだもんもおる」

「久四郎《きゅうしろう》のおいちゃんも博多へ出たまんまたい」

作太が消え入りそうな声でいった。

とうちゃんは、ほーっと、ちいさなため息をつくと、だまって、いろりの灰《はい》をかきまぜた。

「どこにいっても、今は地獄《じごく》たい。地行《じぎょう》の浜で、かゆのたきだしがあるときいて、みんながおしよせた。長い行列ができて、……それは、まるで亡霊《ぼうれい》たちの行列みたいやった。

とうちゃんも並《なら》んだとばい。ばってん、かゆのとこに行きつくまえに、うしろのもんも、まえのもんも、ばたばたたおれて、そういうものたちを、何十人も見た。

金持ちのうちのまえにも、いっぱい、人がおしよせた。ばってん、金持ちは門をあけようともせん」

「金持ちのとこにゃあ、米があるとね」

「ああ、それに、お武家《ぶけ》さまのとこにもな」

「そげなこと、おかしか」

作太《さくた》の目に、なみだが浮かんだ。かなしみのなみだじゃなかった。作太の目はいかりのためにつりあがっていた。

「金持ちゃ、お武家《ぶけ》さまは、米を作りよらん。なのに、そこには米があって、なんで、汗水《あせみず》ながして米を作る百姓《ひゃくしょう》が飢《う》え死にせにゃいかんとね」

作太はくやしそうに、くちびるをかんだ。

「ほんとにおかしか話たい。おかしかばってん、どうもできん。

とうちゃんは、あちこち、働《はたら》き口をさがした。どこも、自分の持っている米を減らすまいとして、とうちゃんのように村からきた奉公人《ほうこうにん》にひまをだすありさまたい。どの村からも、飢饉《ききん》のようすが伝わってくる。そげな村には帰るに帰れず、ほとんどのもんが博多《はかた》の町で行きだおれになっていった。

とうちゃんは、なんとか、おまえたちに、少しでも食べものば持ちかえりたかった。ぜったいに死ぬもんかと、心にちかっとった」

とうちゃんの声は、だんだんかすれていった。ごほっごほっ、またせきが出た。

「この米は、最初《さいしょ》に働《はたら》いとった、呉服問屋《ごふくどんや》にしのびこんで、とってきた。ひとつかみするのが、せいいっぱいやった。ウメが、おまえらのかあちゃんが若《わか》い時、かわいがってもらった店やったとに」

あえぐようにそういうと、とうちゃんは胸《むね》をおさえながら、くずれるように横になった。

「おくで休んだらよか。もう少しで、かゆができるけん」

作太がとうちゃんをだきあげた。

「これからは、ずーっと三人いっしょたい。なあ、とうちゃん」

「うんうん」

とうちゃんは、うすっぺらなふとんに入ると、家の中を見まわした。

「うちはよかなあ」

そうつぶやくと、あたしの頭をなでて、目をとじた。

「おかゆ、できたよ」

あたしが起こしにいったときは、息がなかった。

老人に見えた、その人はまだ、三十八歳《さい》だった。やさしい目元が、作太に似《に》ていた。

「とうちゃんは、いつも、空を見あげて天気を気にしとったなあ。きょうは昼からは雨になりそうだから、はよう草をとってしまおうとか、秋の日の夕焼《ゆうや》け空を見ると、あしたは晴れるぞってはずんだ声でいいよった。とうちゃんの顔に夕日があたって、空を見あげた、あの仕草《しぐさ》で、オレはとうちゃんってわかった。こげんやせこけて、ふけてしもうて……」

作太《さくた》は、とうちゃんの手に、そっと笛《ふえ》をにぎらせ、ささやいた。

「村一番の笛上手《ふえじょうず》。あの世で、かあちゃんもばあちゃんも、とうちゃんの笛ば待っとうばい」

あたしはだまって外へ出た。やみの中で見えるのは、青い星だけだった。星はふるえていた。

手をつないで行こう

きょうは何を食べて、生きればいいのだろう。考えるのもおっくうだった。とうちゃんが命がけでもってきた米はかゆにして、シズや政《まさ》や近所《きんじょ》の子どもたちみんなでわけあった。ひとりにおわん半分ずつだった。ものもいわずにがつがつと食べた。あたしたちはお米の味が消えても、いつまでもおわんをなめまわした。

そして、それがほんとうにさいごだった。家じゅう、どんなに引っくり返しても、もう、なにもでてこなかった。あたしは作太《さくた》とふたり、一日、一日、命をつないでいた。

壁《かべ》の土も食べた。のどに引っかかりそうになるのをむりやりにのみこんだ。そのあと、吐《は》いた。吐《は》いて吐いて、ゲーゲーと、にがい液《えき》がでた。

おなかをすかせ、山の中もさまよい歩いた。ゆうれいのようにふらふらしている人にであい、かがんだまま、息たえている人にもであった。

毎日《まいにち》のように、人が死んでいく。道ばたにたおれている人にカラスがむらがっている。もうじき、あたしも、こうやって、死んでいくのだと思った。

一家全滅《ぜんめつ》したり、村を捨《す》てていった人たちの空《あ》き家《や》もふえていた。村全体がしずまりかえり、人の声もきこえなかった。

ひさしぶりに、シズがはうようにしてやってきた。

「シズちゃん」

あたしは、シズがあまりにもようすがかわっていたのでびっくりした。山であった人たちと同じように、土色《つち》の顔をして、目だけが大きかった。

「ミッちゃんも、すっかりやせたね」

シズはあたしのからだをだきよせた。

「シズちゃんこそ」

あたしたちは、顔を見あわせた。

「話しできるうちに、会いとうて」

と、シズはいった。

あたしとシズは久四郎《きゅうしろう》のうちをのぞきにいった。

「みーんな、おらんごとなるね。うちは、まだ、かあちゃんがおるばってん、政《まさ》ちゃんはひとりぼっちになった。そいでも、どげんもしてやれん」

「きのう、山で会ったわ。作《さく》にいさんが、いっしょにおいでっていうたけど、首をふってふらふら行ってしまった」

ときどき、クアーッ、クアーッ。カラスが鳴いた。

「きもちわるるか声やね」

シズは、顔をしかめた。

「シズちゃん、あたしたちもカラスのえさになるの」

「そうかもしれんね。こわかね」

シズの声も低《ひく》かった。

「ミッちゃん、死んでも、うちら、ずーっと仲良《なかよ》しでおろうね」

「うん」

シズが小枝《こえだ》のような細い指をからませてきた。

「おいちゃんのもってきたお米で作った、あんときのおかゆ、おいしかったね。うち、ずっとずっと覚《おぼ》えとく」


十二月。

あたしは火が消えたいろりのそばでぼんやりしていた。壁土《かべつち》がはがれて、すっかりむきだしになった家から見る空は、きょうも灰色《はい》。

風の音がきこえる。

ヒュウー、ヒュウー、ヒュウー、ヒュウー、人のすすり泣《な》きのよう。

さむい！

あたしは、うすっぺらなふとんをかぶって、手足をちぢこませた。

もう、動くのもつらい。頭もぼうっとして、一日中、うつらうつらしていた。このまま、自《し》然《ぜん》に息が止まるのかしら。あたしの意識《いしき》はもうろうとしていた。

「ミツー」

作太《さくた》が飛びこんできた。

明るい顔。そのときの作太の顔のかがやきを、あたしははっきり覚《おぼ》えている。

「米が手に入るばい。今宿横浜《いまじゅくよこばま》というとこに、幕府《ばくふ》の救援米《きゅうえんまい》がつくとばい」

今宿《いまじゅく》ヨコバマ？　あたしはハッとした。

もしかして、今宿横浜《いまじゅくよこはま》。そこは、あたしのところ、いえ、あたしが美紀《みき》だったときに住んでいたところ。

マンションの五階から青い海が見えた。いまごろは、ユリカモメが飛んでいる。

海辺《うみべ》の町を気にいったパパが、ここへ住もうといってマンションへ引《ひ》っ越《こ》してきたのは、あたしが小学校へ入学する年だった。

ひたひたと、白い波がおしよせてくる砂浜《すなはま》。ちいさなカニたち、巻《ま》き貝《がい》、ヤドカリ、うちあげられた海草。

従兄《いとこ》の圭一《けいいち》が自転車こいで、よく遊びにきてた。あたしたちは、海辺《うみべ》でバーベキューをした。泳いで、食べて、よくわらった。


「行くばい、みんなして行くとばい」

あたしの目から、ふっとなみだがながれた。

美紀《みき》のところへ、作《さく》にいさんと行くのね。

なみだがあふれて作太の顔がぼやけた。

作太は、あたしの顔のなみだをぬぐった。

「藤ケ坂《ふじがさか》をこえにゃいかん。ふつうなら半日もありゃあ行けるとこばってん、こげんときたい、一日かかるやろ。きつかばってん、がんばるとぞ。シズも政《まさ》も、いっしょやけん。ミツ、しっかりせないかんばい」

あたしはこっくりとうなずいた。

その朝、まだ夜も明けきらないうちに、あたしたちは出発した。小雪まじりの強い西風がななめに吹きつけてくる。木々はゆれ、暗くよどんだ空に、枯《か》れ葉がちりぢりに飛んでいく。頭から、ぼろぎれをまきつけた人たちが行列をつくる。うつむいて、おたがいに手をつなぎあい、山道を歩いていく。たよりなく、ひょろひょろした、足どり。

あたしは、作太《さくた》とシズのあいだで手をつないだ。シズのうしろには政《まさ》がいる。歩きながら、ときどき、ふーっと気が遠くなりそうになる。そのたびに、作太の手が力強く、あたしを引っぱった。

「オレにつかまっとけ。この手と手は、命の綱《つな》やけん」

「今宿横浜《いまじゅくよこはま》にゃ、米があるばい」

「峠《とうげ》をこえさえすりゃ、あとは下りたい」

「あったかいかゆが食えるとばい」

「死んだらおしまいばい。生きるんじゃ、生きのびるんじゃ」

はげましあう声も、だんだん、かぼそくなって、風の音に消されていく。くずれるように、ひとり、ふたりとたおれていく。

「もう、よかー」

「かあちゃん、ひもじかー」

動けないものは、そのまま、山道にとりのこされた。カラスが死者にむらがってくる。

「オレ、もうダメばい」

政《まさ》の声が、すすり泣《な》いている。

「はなしたらいかん」と、シズがいう。

ずるずる、ずるずるっ、シズのほうが政へ引きずられてよろめいた。

あーっ、あたしの手と、シズの手が切りはなされていく。あたしとシズの命綱《いのちづな》。

シズちゃん、シズちゃーん。

作太の背なかも遠のいていく。

「作にいさーん、目が見えないよー」

あたしはくらくらした。

次のしゅんかん、急にからだがかろやかになった。歩いているのか、飛んでいるのかさえわからなかった。

「もう、よかよ」

目のまえに女の子がひとり立っていた。

それは、見なれた顔。川の水にうつったあたし。水がめにうつしたあたしの顔。

「あんたは、あんたにもどり」

「あなたは？」

「ほんもののミツ」

あたしは白いセーターにオーバーオールのジーパン、赤いスニーカーをはいていた。

「うちが作《さく》にいちゃんと、峠《とうげ》をこえて行くけん」

シュルシュルシュルシュル、ササやぶから、あの日のように、風が吹きつける。

よこだおしになって、黄色く枯《か》れていたササが、わさわさ音をたてる。

「ササは花を咲《さ》かせるとに力をだしきって、枯れてしもうた。ばってん、その根っこから、あたらしゅう芽《め》がでてのびていくと。

枯《か》れた田んぼだってよみがえる。命のみなもとは枯れりゃあせん。

いつか、おなかいっぱい飯《めし》が食べられる時がきても、この飢饉《ききん》のことは、うちは忘《わす》れん。あんたも、忘れたらいかんばい」

ミツは着物のそでから少ししおれたツワの花をとりだした。

「これ、あんたにあげる。作《さく》にいちゃんが、かんざしのかわりといって、うちの髪《かみ》にさしてくれたと。だいじに持っとったとよ」

「だって……」

「よかよか、うちはこれから、ずーっと作にいちゃんといっしょやけん」

ミツはあたしをだきよせて、髪《かみ》にツワの花をさしてくれた。

「よう、におうとう。きれいかかんざしたい」

ミツが細い目をしてほほえんだ。作太《さくた》によく似《に》たほほえみだった。

カリン　カリン

あたしの頭の上で、ツワの花がなる。

「うち、あんたに会えてよかったと思うとるよ。これからは、うちはあんたの中で生きるとやね」

そういうとミツのすがたはゆらゆらゆらめいて、地面にすいこまれるように消えていった。

あたしは、目をみはった。

笛《ふえ》の音がきこえてくる。作太《さくた》の笛だ。すきとおった音色《ねいろ》。

「つーなごう、つーなごう。手をつーなごう」

笛の音のあいだから、じゅ文《もん》のようなブツブツした声が、いくつも、いくつも、通りぬけていく。

クアーッ、クアーッ。

数十羽《すうじゅっぱ》のカラスが、黒い群《む》れが、あたしの頭の上を舞《ま》いはじめた。

美紀《みき》の中で生きてるよ

「それでさ、あとでわかったんだけど、これらの虫はウンカといって、南西の風にのって、中国大陸《たいりく》から飛んできたんだ。すさまじいものだったらしい。葉から茎《くき》からびっしりくっついて、根っこまで、ぜーんぶ食べつくしてしまった。稲《いね》はほとんど全滅《ぜんめつ》さ。享保《きょうほう》十七年というのは、それまでにないほどの大凶作《だいきょうさく》になったんだ」

つーなごう、つーなごう
つーなごう、つーなごう

ぶーん、ぶーん、耳が鳴る。
「やめて、やめて！」

あたしは両方の耳をおさえた。

「どうした、美紀《みき》。まっさおな顔して」

あたしは、はっと顔をあげた。

「圭《けい》にいさん？　圭にいさんなのね」

圭一《けいいち》がまじまじとあたしを見ていた。

「気分、わるいのか」

あたしは首をふった。

「圭にいさんがどうして、ここにいるの」

「なにいってんだ。オレも美紀もずーっとここにいたじゃないか。それで、オレ、この飢人地《うえにんじ》蔵《ぞう》の話をして」

「飢人地蔵《うえにんじぞう》？」

あたしは、手にしたままのおにぎりに目をやった。

「あたし……、あたし、美紀にもどってる」

そんなあたしを、六つのお地蔵《じぞう》さまが、じっと見つめている。

一番左のお地蔵《じぞう》さまが、にっこりとわらいかけてきたような気がする。

「みんな、どうなったんだろ」

「みんなって、だれ？」

「だから、作太《さくた》さんやシズちゃんたちよ」

「ううっ」

圭一《けいいち》は、のどに物がつまったような声をだした。

「どうしてオレのシナリオに出てくる登場《とうじょう》人物の名前知ってんだよ」

あたしは、つづけざまにいった。

「だって、久四郎《きゅうしろう》さんもいたわ。サトに佐吉《さきち》に……、あたしは、ミツだった」

「ちょ、ちょい、おちつけよ。いや、これはオレ自身にいってんだ。おかしいな。まだ、だれにもしゃべってないぞ。オレの頭のなかにインプットしてるだけなのになー」

圭一はしきりに首をひねった。

「そうか、また、美紀《みき》のテレパシーがはたらいたってことなのか」

「圭にいさん、享保《きょうほう》十七年って西暦《せいれき》何年？」

「えーっと、たしか一七三二年だ」

「ということは」

あたしは地面に数字を書いて引き算をした。

「いまから、二六八年もまえなのね」

圭一《けいいち》はちょっと考えていたが、ぼそっといった。

「オレがしゃべっている間、美紀《みき》は享保《きょうほう》の時代をさまよっていたのか」

「そうみたい」

圭一があたしの頭に手をのばした。

「こんなものつけて。しおれてるけど、ツワの花だよな」

圭一はふっとわらった。

「オレのシナリオでは、作太《さくた》が妹のミツの髪《かみ》にさしてやるんだよ。かんざしがわりに」

あたしはもう一度しっかりとうなずいた。

「それで作太さんたちは無事《ぶじ》に峠《とうげ》をこえられたの？　今宿《いまじゅく》ヨコバマに幕府《ばくふ》からの救援米《きゅうえんまい》が届《とど》くって、よろこんでた。みんなで朝はやく出かけたの。ねえ、そこって、あたしんちのマンションがある今宿横浜《いまじゅくよこはま》のことでしょ」

「よく気づいたな。そのころはヨコバマって呼《よ》ばれていたんだよ。この今宿は、北は海だけど、南はずっと山やまが連《つら》なっているだろ」

圭一は立ちあがって、赤やオレンジ、黄色とはなやかに紅葉《こうよう》している山なみを指さした。

「あっちからも、こっちからも、たくさんの人があの山越《こ》えて、この山越えて来ようとした。十二月の寒いとき、やせおとろえて、ろくにごはんも食べてない人たちにはたいへんなことだ。

とちゅうの山の中で、力つきバタバタたおれていった」

あたしは息をのんだ。小雪の舞《ま》う中を、シズの手もずるずるとはなれていったんだ。

「でも、作太さんやミッちゃんたちはたおれてないよね。生きのびたんでしょ」

圭一はあたしの質問《しつもん》にはこたえなかった。

「のちの人が、その亡くなった人のために、地蔵《じぞう》さんをたてた。それが、この飢人地蔵《うえにんじぞう》だ」

「圭にいさん、シナリオかえてよ。そんなのひどい」

「歴史《れきし》の事実はかえられないさ。しかもなあ、米はとうとう、ここには着かなかった。西風が強くて、船がつけられなかったんだ。救援米《きゅうえんまい》は福岡の荒戸《あらと》の浜《はま》へ行ってしまった」

「それじゃ、せっかく、ここへたどりついても、お米はなかったのね」

食べ物を捨《す》てたのは、あんたなんやねと、なじるようにいった、あのときのミツの泣《な》きそうな顔。

「あたし、なんてひどいことをしたんだろ。いくらママに腹《はら》がたったからといって、パンもゆで卵もサラダも、みんな捨ててしまうなんて」

「やっとわかったみたいだな」

「ああ、やだやだ、自分がたまらなく、いや」

胸《むね》がきりきりした。

「美紀《みき》だけじゃないよ。オレたち、鈍感《どんかん》すぎるんだ。何もしなくたって、目の前に、ほいほい食べ物が出てくると思ってるだろ。だから捨《す》てたって、みんな、平気なんだ」

「シズちゃんたち、こんなにおいしいものがあるのさえ知らなかった」

ママの手作りのプリンを手にしたまま、あたしは「うっ」と、声をあげた。なみだがどっとながれおちた。

「あたし……、これからも、ママといろんなことでぶつかりあうと思う。だって、あたしは、あたしだもの」

「それで?」

「ちゃんとママと話しあっていく。そうするわ」

お地蔵《じぞう》さまのたっているすぐうしろに、小さな池があった。空の青をうつしていた。シラサギが一羽《わ》、ゆっくりと舞《ま》いおりた。

のっぱらに
大きなマツの木が
一本たっていた

圭一《けいいち》が歌いだした。ちょっと調子《ちょうし》はずれ。あたしもしゃくりあげながら、圭一の歌うのにあわせた。

「しー」

圭一がくちびるに手をあてた。

「聞こえてくる、ほら、笛《ふえ》の音が」

あたしたちは耳をすませた。

たしかに、笛の音だ。

「あの一番左のお地蔵《じぞう》さんからよ。作太《さくた》さんが吹《ふ》いている」

あたしと圭一は、お地蔵さんにかけよった。

みんな、おとなになるまで生きられなかった。こわい時代、かなしい時代だった。

あたしは両方の手をひらいて見つめる。白い光がチラチラおどっている。あたしは光をすくう。両方の手をそっととじる。

あたたかいぬくもり。

命綱《いのちづな》、命綱《いのちづな》……。

あたしはじゅんばんに、お地蔵《じぞう》さんの顔を見つめていった。たまらなく、なつかしかった。

やっぱり、あなたは作太《さくた》さん、つぎは久四郎《きゅうしろう》さんよね、それからシズちゃん、サトちゃんに、政《まさ》ちゃんに、佐吉《さきち》ちゃん。

ミツは？　ミッちゃんはどこ？

「うちは、あんたの中で生きるとよ」

作太の横から、女の子がわらいながら顔をだして、あたしを指さした。そして、ふっと消えた。

そうなんだ。あたしはミツであり、美紀《みき》なんだ。

「シナリオ、いいもの書いてね」

「書けそうな気がするな。だって、今だっておおぜいの作太たちがいて、世界のあちこちで、腹《はら》へったっていいながら、死んでいってるんだ。自然災害《しぜんさいがい》や大人《おとな》たちがひきおこした戦争《せんそう》の犠《ぎ》牲《せい》になっているのは子どもたちだからね」

圭一は山なみに目を向けた。

「いつ、東京へもどるの」

「明日だ。冬休みにこもって書きあげるつもり。来年の六月の大学祭《だいがくさい》にまにあわせなくちゃい

けないからね」

「見にいきたいな」

「来いよ。もうすぐ中学生なんだ。ひとりで来れるだろ」

「うん、そのまえに、春にピアノの発表会があるの。がんばらなくちゃ」

「えっ、ピアノやめるっていきまいてたじゃないか」

「ううん、考え、かわったの。あたし、どんなに悲しいときでも、いつも、作太《さくた》さんの笛《ふえ》に元気づけられた。あたしも、人を勇気《ゆうき》づけるような、そんな、あたしの音色《ねいろ》を作りたい。ママのためでもない、ピアニストになるためでもなくて」

「そうか」

「そしてね、いつか、作太さんの笛にあわせてピアノをひくの。シズちゃんがいったように。あたし、作太さんたちにまた会えそうな気がする」

あたしは、作太の笛の音をたどろうと、指を動かした。こうやってシズにピアノをひくまねをしたんだった。

「美紀《みき》」

「ん?」

「けっこう、いい顔してるじゃん」

「もう、こらっ」

あたしはこぶしをふりあげた。

「おっと、その手、ひっこめなよ。作太や久四郎《きゅうしろう》がびっくりして見てるぞ。ほら」

お地蔵《じぞう》さまは、目をほそめてわらっておられた。

あたしと圭一《けいいち》は、六つのお地蔵《じぞう》さまにおにぎりを一つずつ供《そな》えて手をあわせた。

笛《ふえ》はまだあたしの胸《むね》のなかで鳴りひびいている。小さく、小さく、ささやくようなピアニッシモ。

ササやぶを吹《ふ》き抜《ぬ》けていく風の音、小川のせせらぎ、青い麦の芽《め》、どろにまみれた梅《うめ》の花、夕日、ピーヒャラ、ピッピー、こーとしゃ、ほうさく、よか秋びより。

ああ、作太の笛が鳴っている。命の歌が鳴りひびいている

あとがきにかえて　――美紀からの手紙――

木枯《こが》らしと共に、美紀《みき》から私宛に一通の手紙が舞《ま》いこんできました。

おぎの　いずみさま

お元気ですか。あたしは中学生になり元気に学校に通っています。セーラー服姿もバッチリです。きょうは、その後のあたしのことを報告したいと思います。

6月にとうとう東京までの一人旅を決行《けっこう》しました。ヤッターでしょ。もちろん、ママは猛反対《もうはんたい》。あたしは圭《けい》にいさんからの大学祭《だいがくさい》の招待状《しょうたいじょう》をふりまわし大奮闘《だいふんとう》。見かねたパパが助け舟を出してくれました。

「いいじゃないか、ひとりで行かせてやれよ。かわいい子には旅させろだ」って。

パパ、かっこよかったです。

「だんだん、手が離れていくのね」

ママはちょっとさびしそうでした。

圭にいさんの脚本《きゃくほん》による「飢人地蔵《うえにんじぞう》物語」はとても感動しました。胸《むね》がじんじんして、ハンカチがぐしょぐしょになるくらい泣《な》いてしまいました。最後に作太さんが吹く笛《ふえ》の音が大学の講堂《こうどう》にひびきわたり、客席《きゃくせき》もしーんとしずまりかえっていました。

圭にいさんはきっといいシナリオライターになれると思います。あたしがそういったら、

「いまごろ、わかったのか」って、頭をこづかれました。

あたしはピアノをひいています。

「このごろ、音に表情《ひょうじょう》がでてきたよ。美紀《みき》ちゃんも少し大人《おとな》になったのかな」と、はるか先生がいってくれました。でも、作太さんの笛にあわせられるのは、まだまだ……です。

あたしが作太さんやミッちゃんの世界へ行って、もう1年が過ぎようとしているのですね。

9月11日の、あの夜は、とてもショックで眠れませんでした。ニューヨークにある2つの世界貿易《ぼうえき》センタービルに飛行機が突《つ》っ込《こ》んだ、あのできごとです。ビルが燃《も》えあがり、くずれ落ちていく様子《ようす》を、あたしはパパといっしょにテレビで見ていました。3000人近い人が亡《な》くなったのですね。今まで、テロ事件《じけん》とか、あたしにはどこか遠い国のできごとみたいな気がしていたのに、なんだか、胸がざわざわして、とて

も不安《ふあん》な気持ちでした。テロリストをかくまっているといって、アフガニスタンの国はアメリカやイギリスなどから空爆《くうばく》を受けています。毎日、毎日、もう2か月にもなりますよね。

テロとはなんの関係もない人たちが、家を追われ、食べるものもなく、さまよっているのですね。支援《しえん》の物資《ぶっし》も届《とど》かないまま、寒さの中で亡《な》くなっていく人たち、その多くが子どもたちなのですね。

あたしには、雪の舞《ま》う中を、救援米《きゅうえんまい》を求《もと》めて山越《やまご》えをしようとした、あの日の作太《さくた》さんやシズちゃんたちと、アフガンの人たちがだぶって見えて仕方がありません。

圭《けい》にいさんのいったとおりでした。いつも、世界のどこかに、たくさんの作太さんたちがいるのだということ。あたしは、あたしがミツであったときのことを忘《わす》れてはいません。あたしはこのことをもう1度、いいたかったのです。

そうそう、あのときミッちゃんにもらったつわの花、押《お》し花《ばな》にしました。今も、黄色がとても鮮《あざ》やかです。小さな額《がく》に入れて、机の上に飾《かざ》っています。今度お会いする時は持っていきます。

だんだん寒くなってきます。かぜをひかないよう気をつけてください。　　さようなら

12月6日

……………

私は美紀からの手紙を、一枚の大きな地図の上に重ねました。これは国連《こくれん》の援助機関《えんじょきかん》、世界食糧《しょくりょう》計画（ＷＦＰ）が子ども向けに作った「ハンガー（飢饉《ききん》）マップ」という地図です。飢えに苦しんでいる二十七の国々が、赤く塗《ぬ》られています。紛争《ふんそう》が続くアフリカのソマリア、モザンビークなど、そして、アフガニスタンです。

飢饉《ききん》は干《かん》ばつなどの自然災害《さいがい》だけでおこるのではなく、戦争が深く関わっていることがわかります。今、世界では八億以上の人が飢えに苦しみ、この瞬間《しゅんかん》も、七秒に一人、地球のどこかで子どもが飢《う》え死《じ》にしているのです。

美紀《みき》より

この物語を書くにあたって、たくさんの人に、励《はげ》ましや助言《じょげん》をいただきました。快《こころよ》く取材に応じて下さった方々に、心よりお礼を申しあげます。

なかでも今宿《いまじゅく》公民館の館長だった故・原口義美《よしみ》さん、あなたが下さった『飢人地蔵物語』（藤野達善著）が、私を作太とミツの世界へと導《みちび》いてくれました。

「いいものを書きなさい」とハッパをかけてくれた石風社代表の福元満治さん、編集《へんしゅう》の中津千穂子さん、躍動感《やくどうかん》ある美しい版画で、作品を引き立てて下さった田中つゆ子さん、ほんとうにありがとうございました。

二〇〇二年　春

おぎの　いずみ

＊参考にした本や資料

「福岡縣史資料」（福岡縣）
第二輯　元祿享保間福岡藩關係記錄、綜合福岡藩年表
題三輯　倉府見聞集
第七輯　秋月望春随筆
第八輯　福岡藩主記録
「福岡県史」第二巻下（福岡県）
福岡藩の災害とその対策（福岡・河村氏記録、志摩郡元岡村大庄屋浜地利兵衛の手記、福府秘要録）、福岡藩の戸口
宮崎安貞「農業全書」
『黒田家譜』第四巻「黒田新續家譜」繼高記（校訂・川添昭二、福岡古文書を読む会／文献出版）
秀村選三編『近世福岡博多史料』第一集「長野日記」（西日本文化協会）
糸島郡教育会編『糸島郡誌』（名著出版）
由比章祐『筑前西郡史』（福岡地方史研究会）
藤野達善『飢人地蔵物語』
白水昇『筑紫の歴史と農業』（筑紫の歴史と農業刊行会）
原田種夫『筑前のわらべ遊び』（梓書院）

おぎの いずみ

山口県下関市に生まれる。地域公民館に親子文庫を開設するとともに、図書館のおはなし会に所属して、子どもたちに絵本の読み聞かせをする。作品に『いつか飛ぶ日に』(偕成社)、『ムーンとぼくのふしぎな夏』(石風社)、「今山の石の歌」(『福岡の童話』リブリオ出版)などがある。

児童文学誌「小さい旗」同人、日本児童文学者協会会員。現在、朝日カルチャーセンター福岡教室・童話講座講師。福岡市在住。

うえにん地蔵《じぞう》 享保《きょうほう》の飢饉《ききん》と子どもたち

二〇〇二年八月十日初版発行

著　者　おぎの いずみ
発行者　福元満治
発行所　石風社
福岡市中央区渡辺通二―三―二四
電　話　〇九二(七一四)四八三八
ファクス　〇九二(七二五)三四四〇

印　刷　正光印刷株式会社
製　本　篠原製本株式会社

価格はカバーに表示してあります

＊表示価格は本体価格（税別）です。定価は本体価格＋税です。

荻野　泉　絵・いのうえしんぢ

ムーンとぼくのふしぎな夏

【読みもの・小学校中学年から】カギ猫ムーンとヒロシの時間をこえた大冒険。ゴルフ場建設でゆれる福岡市の西・糸島の現在と古代伊都国の王位継承戦争が、石棺のタイムトンネルで結ばれる。——千数百年を一瞬にさかのぼれば、そこは古代の戦場

一五〇〇円

大塚菜々　絵・いのうえしんぢ

ゴールキーパー

【読みもの・小学校中学年から】ぼくは六年生。真面目がとりえで、サッカーに夢中のみんなにはついていけない。だけど最近、何かが少しずつ変わってきたんだ。ぼくはもう、孤独なゴールキーパーじゃない！

一五〇〇円

前田美代子　絵・いのうえしんぢ

ドラキュラ屋敷　さぶろっく

【読みもの・小学校高学年から】へっぴり腰の少年たちが、ドラキュラ屋敷で見たものは？　戦後間もない九州の片田舎、戦争の影をそれぞれにひきずる少年少女が、未来に向けて歩み出す。友情、好奇心、そして恐怖……さまざまな体験を通し、成長していく日々

一五〇〇円

倉掛晴美　絵・いのうえしんぢ

海の子の夢をのせて　ありがとう、「れいんぼう・らぶ」

【読みもの・小学校中学年から】「ぼくたちの、夢がかなった！」沖を行く白い船を見た日から物語は始まった。実話をもとに、島根県の海辺の全校生徒十九人の小学校の生徒と沖を走るフェリーとの心温まる交流を描く。映画「白い船」公開中

一三〇〇円

文・ジミー・カーター　絵・エイミー・カーター

海のかいじゅうスヌーグル

【絵本】ジミー・カーター元アメリカ大統領が若き日、わが子に語り聞かせたおはなしに、娘エイミーが絵を描いて絵本に。足の不自由なジェレミーとちびっこかいじゅうスヌーグル・フリージャーの愛と勇気にみちた海辺のファンタジー（訳・飼牛万里）

一五〇〇円

長野ヒデ子

ふしぎとうれしい

「生きのいいタイがはねている。そんなふうな本なのよ」（長新太氏）絵本日本賞作家・長野ヒデ子初のエッセイ集。使いこんだ布のようにやわらかな言葉で、絵本について、友について、いきいきと紡ぐ

一五〇〇円